Para uma metafísica do sonho

BIBLIOTECA PÓLEN

Para quem não quer confundir rigor com rigidez, é fértil considerar que a filosofia não é somente uma exclusividade desse competente e titulado técnico chamado filósofo. Nem sempre ela se apresentou em público revestida de trajes acadêmicos, cultivada em viveiros protetores contra o perigo da reflexão: a própria crítica da razão, de Kant, com todo o seu aparato tecnológico, visava, declaradamente, libertar os objetos da metafísica do "monopólio das Escolas". O filosofar, desde a Antiguidade, tem acontecido na forma de fragmentos, poemas, diálogos, cartas, ensaios, confissões, meditações, paródias, peripatéticos passeios, acompanhados de infindável comentário, sempre recomeçado, e até os modelos mais clássicos de sistema (Espinosa com sua ética, Hegel com sua lógica, Fichte com sua doutrina-da-ciência) são atingidos nesse próprio estatuto sistemático pelo paradoxo constitutivo que os faz viver. Essa vitalidade da filosofia, em suas múltiplas formas, é denominador comum dos livros desta coleção, que não se pretende disciplinarmente filosófica, mas, justamente, portadora desses grãos de antidogmatismo que impedem o pensamento de enclausurar-se: um convite à liberdade e à alegria da reflexão.

Rubens Rodrigues Torres Filho

Arthur Schopenhauer

PARA UMA
METAFÍSICA DO SONHO

Seleção, tradução e introdução
Márcio Suzuki

ILUMI//URAS

Copyright © 2023 desta edição e tradução
Editora Iluminuras Ltda.

Capa
Eder Cardoso/ Iluminuras
sobre projeto gráfico de Fê

Imagem de capa e ilustração da página 34
Luís Fernandes dos Santos Nascimento
Cortesia do artista

Preparação
Jane Pessoa

Revisão
Monika Vibeskaia

CIP-BRASIL. CATALOGAÇÃO NA PUBLICAÇÃO
SINDICATO NACIONAL DOS EDITORES DE LIVROS, RJ
S394p
    Schopenhauer, Arthur, 1788-1860
      Para uma metafísica do sonho / Arthur Schopenhauer ; seleção, tradução e introdução Márcio Suzuki. - 1. ed. - São Paulo : Iluminuras, 2023.
      122 p. ; 21 cm.

      Tradução de: compilado
      ISBN 978-65-5519-193-6

      1. Metafísica. 2. Sonhos - Filosofia. 3. Filosofia alemã. I. Suzuki, Márcio. II. Título.

23-84141   CDD: 193
                    CDU: 1(430)

Meri Gleice Rodrigues de Souza - Bibliotecária - CRB-7/6439

2024
EDITORA ILUMINURAS LTDA.
Rua Salvador Corrêa, 119
04109-070 — São Paulo — SP — Brasil
Tel./Fax: 55 11 3031-6161
iluminuras@iluminuras.com.br
www.iluminuras.com.br

*Para Carol, Joaquim e aquele que
partiu para ficar sempre conosco.*

SUMÁRIO

SOBRE ESTA SELEÇÃO, 9

O TEATRO DA VONTADE
Márcio Suzuki, 13

PARA UMA METAFÍSICA DO SONHO

ESPECULAÇÃO TRANSCENDENTE SOBRE A APARENTE
INTENCIONALIDADE NO DESTINO DO INDIVÍDUO, 35

A FISIOLOGIA DO SONHO, 65

DRAMATURGIA ONÍRICA, FISIOLOGIA, 81

SOBRE ESTA SELEÇÃO

Antes de mais nada, cumpre dizer que o título do livro não é do próprio Schopenhauer, mas quer dar conta do critério que pautou a escolha dos textos deste volume, que foi o de tentar destacar a importância do sonho no conjunto do seu pensamento. Os textos provêm de duas fontes principais, as obras publicadas e os manuscritos póstumos. Das obras publicadas, foram traduzidos dois ensaios do volume 1 dos *Parerga e Paralipomena*: a "Especulação transcendente sobre a aparente intencionalidade no destino do indivíduo" (texto integral) e o "Ensaio sobre a vidência" (excerto). Nesses dois escritos o leitor encontra o essencial das reflexões maduras de Schopenhauer sobre os sonhos. Um tanto deixados de lado pelos especialistas, mas também pelos leitores em geral, pois — principalmente no segundo caso — se considera que estejam demasiadamente marcados pela ciência ou pseudociência da época, eles na verdade merecem ser retomados com olhos mais favoráveis.

O primeiro pode ser lido à parte, pois trata da questão do "fatalismo transcendente", um fatalismo que, combinando mecanicismo e organicismo, causalidade eficiente e causalidade final, determina o destino dos indivíduos. O segundo texto, traduzido apenas em parte, também é importante por descrever as diferenças qualitativas entre os diversos tipos de sonho.[1] Além disso, se é que também vale o argumento de autoridade, os dois textos chamaram a atenção de ninguém menos que Sigmund Freud e Jorge Luis Borges. Do criador da psicanálise, é conhecida sua leitura das reflexões schopenhauerianas acerca do sonho, comentada na Introdução. Quanto a Borges, dentre o sem-número de menções do escritor argentino a Schopenhauer em seus livros e entrevistas, cabe lembrar a do conto "Tlön, Uqbar, Orbis Tertius", em que, explicando as ideias fantásticas de um grande pensador daquele planeta imaginário, o narrador escreve: "Schopenhauer (o apaixonado e lúcido Schopenhauer) ensinou uma doutrina muito parecida no primeiro volume de *Parerga und Paralipomena*".[2] Borges está se referindo justamente à doutrina do sonhador único (a Vontade), que ele transformará numa espécie de panteísmo onírico — fundamental para sua concepção do fantástico, assim como a ideia de que é a ação que revela o caráter do indivíduo.

Dos textos póstumos, a seleção traz principalmente os fragmentos relacionados à fisiologia e à dramaturgia onírica. Muitos deles são versões iniciais de passagens retrabalhadas nos textos publicados; elas têm interesse por mostrar o trabalho do

---

[1] Sobre essa diferenciação qualitativa dos tipos oníricos, ver Stephan Atzert, "Zur Rolle des Traums in Schopenhauers System", em *Was die Welt bewegt. Internationaler Kongress zum 150. Todestag Arthur Schopenhauers*. Org. de Matthias Kossler e Dieter Birnbacher (Würzburg: Koenigshausen und Neumann, 2014), pp. 4 ss.

[2] J. L. Borges, "Tlön, Uqbar, Orbis Tertius", em *Ficções*. Trad. de Davi Arrigucci Jr. (São Paulo: Companhia das Letras, 2015), p. 27. Para uma análise da importância de Schopenhauer na concepção da literatura borgiana, ver *O sonho é o monograma da vida: Metafísica schopenhaueriana e idealismo fantástico borgiano* (São Paulo: Editora 34, no prelo).

escritor e sua reflexão *in fieri*, apresentando também algumas nuances diferentes e importantes em relação às versões definitivas. Um último extrato, intitulado "Sobre o interessante", também foi traduzido porque apresenta uma teoria acerca do drama e da épica que é bem diversa daquela conhecida na obra publicada pelo autor. Nesse excerto, Schopenhauer trabalha com a possibilidade de a literatura não se submeter inteiramente à contemplação estética desinteressada do sujeito puro do conhecimento, podendo estar sujeita ao plano "impuro" da Vontade. O excerto chama a atenção, porque nele se tem o esboço de uma concepção do drama e do romance que foge bastante daquilo que é preconizado na poética aristotélica.

A edição utilizada para a tradução dos textos publicados é o volume 4 das *Sämtliche Werke*, organizadas por Wolfgang Frhr. von Löhneysen (Darmstadt: Wissenschaftliche Buchgesellschaft, 1974). Essas *Obras completas* foram republicadas, com os mesmos volumes e paginação, pela editora Suhrkamp de Frankfurt em 1986. Para a tradução dos fragmentos póstumos foi utilizada a edição em seis volumes de Arthur Hübscher: Arthur Schopenhauer, *Der handschriftliche Nachlaß* (Munique: Deutscher Taschenbuch Verlag, 1985).

O TEATRO DA VONTADE

Márcio Suzuki

Não foram poucos os tópicos tradicionais da filosofia que Arthur Schopenhauer manejou com originalidade. O sonho, certamente, está entre eles. Empregado por céticos e especialmente por Descartes como argumento para mostrar que os sentidos podem enganar, além de desvalorizado com frequência pelos filósofos como sendo inferior à realidade, o sonho ganha na filosofia schopenhaueriana uma condição inteiramente outra. Inspirando-se na literatura de Píndaro, Sófocles, Calderón de la Barca e Shakespeare, Schopenhauer tomou ao longo de toda a sua trajetória filosófica o sonho como cuidadoso objeto de exame.

É assim que, já desde o primeiro livro de *O mundo como vontade e representação*, a questão epistemológica crucial acerca da realidade do mundo exterior vem por ele conectada à dimensão onírica. Ali o filósofo dirige a seus leitores a pergunta: "[...] temos sonhos, e a vida toda não é, porventura, um sonho? — ou mais precisamente: há algum critério preciso [para distinguir] entre sonho e realidade? Entre fantasmas e objetos reais?".[3]

---

[3] A. Schopenhauer, *Die Welt als Wille und Vorstellung* [*O mundo como vontade e representação*], em *Sämtliche Werke* [doravante referida como *SW*]. Org. de Wolfgang Frhr. von Löhneysen (Darmstadt: Wissenschaftliche Buchgesellschaft, 1974), pp. 47-8.

Segundo Schopenhauer, os argumentos filosóficos não teriam sido até então capazes de apresentar critérios para diferenciar a realidade concreta da "ficção" onírica. O primeiro desses critérios — o da menor vivacidade e nitidez do sonho em relação à percepção *atual* — pode ser facilmente refutado quando se reconhece a falácia que há em estabelecer graus perceptivos entre eles. Pois o sonho *é também uma percepção atual para o sonhador*: nele, o sujeito onírico se entrega por completo àquilo que está sonhando, é invadido por ele, e as imagens que lhe apresenta, e sua própria trama, só empalidecem mesmo quando, estando já acordado, o indivíduo *se recorda* do que viveu e sentiu enquanto sonhava. Ou seja, quando a filosofia compara percepção atual e percepção onírica tentando estipular que a primeira é bem mais forte e distinta do que esta, a comparação não leva a lugar nenhum, pois, na verdade, se comete então o erro de equiparar quantitativamente duas maneiras de olhar qualitativamente distintas — uma própria da sensação atual e outra própria da *recordação*. Em suma, a filosofia não considerou o sonho enquanto sonho, mas apenas enquanto lembrança dele.[4]

Igualmente refutável é o segundo critério utilizado para a depreciação ontológica dos sonhos em relação ao real. Esse critério, utilizado por Christian Wolff e Immanuel Kant, afirma que a diferença residiria em que o sonho não está submetido à relação de causa e efeito, isto é, ao chamado princípio de razão.[5] Schopenhauer afirma que se pode mostrar justamente o contrário:

> Mas também no sonho tudo o que há de singular está igualmente conectado em todas as suas figuras segundo o princípio de razão, e esse nexo se rompe apenas entre vida e sonho e entre sonhos isolados. A resposta de Kant, por isso, poderia ter apenas o seguinte teor: o sonho *longo* (a vida) tem um nexo integral em si, em conformidade com o princípio de

[4] Ibid., p. 48.
[5] Ibid.

razão, mas não com os sonhos *breves*, embora cada um destes tenha em si o mesmo nexo; entre estes e aquele, portanto, a ponte está quebrada, e é nisso que os diferenciamos.[6]

A vida é um sonho longo, com concatenação completa; mas também os sonhos curtos (ou vida breve) são concatenados. Tampouco se trata de duas vidas diferentes, mas de uma só: a única dificuldade é entender como a articulação causal interna dos sonhos — sempre bastante difícil de deslindar — se articularia com o roteiro pelo qual se escreve a vida inteira — ou o sonho longo — do indivíduo.

Mesmo baralhando situações e lugares diversos, os sonhos ainda assim obedecem às formas do tempo e do espaço e seguem uma causalidade que lhes é própria, um princípio de razão. Os sonhos constituem desse modo, já na época de publicação da primeira edição do *Mundo como vontade e representação*, um dos principais argumentos para fundamentar a posição idealista segundo a qual todos os eventos dados no mundo perceptível não passam de fenômenos, aparências ou até ilusões. Tal tese idealista também teria sido defendida, segundo Schopenhauer, não só por grandes filósofos como Platão, Berkeley e Kant, mas também pelo pensamento hindu. No seu entender, o grande mérito de Kant teria sido o de mostrar que as categorias mediante as quais se conhece objetivamente o mundo — tempo, espaço, causalidade — são meros conceitos do entendimento humano, sem nenhum lastro no real, o que vem a confirmar a explicação dos Vedas e Puranas, de que o mundo, tal como se apresenta aos olhos e sentidos humanos, não passa, na verdade, de uma aparência, de uma ilusão, de uma fantasmagoria.[7] O mundo dos sentidos não é uma coisa em si, mas mera ou pura representação.

---

[6] Ibid.
[7] A. Schopenhauer, *Crítica da filosofia kantiana*. Trad. de Maria Lúcia Mello e Oliveira Cacciola (São Paulo: Abril, 1980), pp. 88-9.

O que Schopenhauer faz, portanto, é uma inversão dos argumentos que visavam diminuir ontologicamente o sonho em relação ao real; ele afirma, ao contrário, que a realidade — tal como se apresenta aos sentidos — deve ser encarada como um sonho. Seria inócuo objetar que, nessa equiparação entre vida e sonho, mundo fenomênico e mundo onírico, ele ainda está de algum modo preso ao paradigma filosófico anterior, no qual o sonho não passa de ilusão, pois se trata do inverso: é o mundo que se esfuma junto com a "irrealidade" do sonho. Ainda na sequência da discussão sobre a relação entre vida e sonho, no primeiro livro do *Mundo como vontade e representação*, ele lança mão de um símile que ajudará a entender o percurso posterior de suas reflexões. Inspirando-se nos poetas, ele escreve:

> Depois dessas várias passagens dos poetas talvez também me seja consentido exprimir-me por um símile. Vida e sonhos são páginas de um único e mesmo livro. A leitura com nexo significa vida real. Mas quando a respectiva hora de leitura (o dia) chegou ao fim e é tempo de descansar, frequentemente ainda folheamos ociosamente e abrimos, sem ordem e concatenação, ora uma página aqui, ora outra ali; com frequência é uma página já lida, com frequência uma não lida, mas sempre do mesmo livro. Uma página assim lida isoladamente é, decerto, sem nexo com a leitura integral em sequência; entretanto, ela não fica muito atrás por isso, quando nos lembramos de que também o todo da leitura em sequência se inicia e acaba de improviso e, portanto, ele deve ser visto somente como uma página individual maior.[8]

Depois de serem comparados entre si (como sonho breve e sonho longo), sonho e vida são agora relacionados como páginas de um livro que se lê em sequência ou salteado. Ou seja, a vida de cada um é uma série contínua de sonhos, que, no

---

[8] Id., *O mundo como vontade e representação*, op. cit., p. 50.

entanto, não precisa ser lida necessariamente em sucessão. O livro individual, entretanto, não encerra em si toda a vida: a vida de cada indivíduo se conecta ainda a outros livros individuais, todos os quais figurando finalmente como páginas no grande livro vida.

O sonho não está relacionado, portanto, apenas com uma vida individual, mas também com a vida coletiva. Pois, conquanto nada mais seja que representação, o universo que se depara aos homens é o mesmo, tem de ser um só para todos. O mundo é um só: a boa explicação para isso foi dada pelo idealismo kantiano, que submete todos os fenômenos às mesmas categorias do tempo, do espaço e da causalidade. Dada, assim, a idealidade de todos os fenômenos, pode se dizer que os sujeitos não só veem, mas sonham o mesmo mundo. Entretanto, embora fundamental para o conhecimento, a sua idealidade não esgota toda a explicação possível acerca do que é o mundo. A mesma *identidade* dele também pode ser explicada pelo seu outro lado, isto é, não mais pelo prisma da representação e do intelecto, mas pelo da coisa em si e da Vontade. O mundo não se revela apenas de forma representativa ao entendimento, que é comum a todos os homens, mas também em virtude de uma vontade única, que se dá integralmente, indivisamente, em cada um deles. Haverá, portanto, um duplo modo de ver o mundo como sonho: no primeiro deles, o mundo é fruto de uma *representação* coletiva; no outro, é produzido coletivamente por sujeitos que não são apenas dotados de representação, mas também simultaneamente de Vontade. Essa argumentação que está de certo modo implícita já na primeira edição do *Mundo* vai se tornando cada vez mais clara com o aprofundamento da reflexão schopenhaueriana sobre o sonho. Numa anotação póstuma datada de 1831, por exemplo, se pode ler:

> Se dois indivíduos têm ao mesmo tempo exatamente o mesmo *sonho*, isso muito nos admira, e conjecturamos que o

sonho se refira a alguma realidade. — O mundo objetivo nada mais é que um sonho que todos temos constante, simultânea e homogeneamente, e somente por isso todos nós lhe atribuímos ou, antes, conferimos uma realidade [...].[9]

O trecho enfoca agora o sonho por um ângulo diferente daquele a partir do qual era apresentado no *Mundo*: aceitando-se a premissa da identidade entre mundo fenomênico e sonho coletivo, não pode causar espanto a afirmação em si espantosa de que todos os homens sonham o mesmo sonho; já do ponto de vista da Vontade, isto é, de um sonho sonhado individualmente numa noite, seria surpreendente e bastante improvável que dois sujeitos pudessem ter um sonho igual. O exame cerrado a que Schopenhauer submete os sonhos (relatados ou próprios) e suas teorias o leva aos poucos a mergulhar na diferença entre o significado mais geral, representativo, *objetivo*, do sonho e seu significado *subjetivo* mais profundo para cada indivíduo.

Na metafísica schopenhaueriana, a individualidade de cada sujeito é inicialmente pensada apenas do ponto de vista representativo. Por isso também se pode dizer, como ensina a sabedoria oriental, que todo sujeito — como o mundo que se tem diante dos olhos — não passa de ilusão. Mas Schopenhauer adverte que o problema da individualidade também pode ser encarado em outro enfoque, para além dessa individuação fenomênica ou ilusória: é esse o sentido, por exemplo, de sua argumentação e de suas explicações sobre o eu individual na metafísica da morte do parágrafo 41 dos Suplementos ao *Mundo como vontade e representação*. A morte não significa propriamente o fim do indivíduo, já que este, como mero ente de representação, rigorosamente não existe; a morte enseja antes o surgimento de outro indivíduo, um indivíduo verdadeiro,

---

[9] Id., *Der handschriftlicher Nachlaß* [*Manuscritos póstumos*, doravante referidos como *HN*]. Org. de Arthur Hübscher (Munique: Deutscher Taschenbuch Verlag, 1985), v. 4, 1, 65 (1831), p. 39. Neste volume, na p. 104.

para além de suas relações fenomênicas espaçotemporais e causais. Algo análogo se dá no sonho: aqui, o eu empírico que supostamente existe durante o dia fica, por assim dizer, no camarim do teatro: ali ele se despe, veste outro traje e se maquia para se transformar em sua persona; é esta persona verdadeira e própria que vai entrar no palco para contracenar com outras pessoas não meramente ideais, num cenário diverso daquele em que costuma transcorrer os eventos corriqueiros do cotidiano. Como o sonho pode realizar essa proeza de trocar a relação mais superficial entre os eus por uma relação bem mais íntima e vigorosa entre eles?

Fisiologia

O sonho passa a ganhar mais e mais consistência no pensamento de Schopenhauer com o aumento do seu interesse pelos conhecimentos fisiológicos. Embora o vínculo conceitual já viesse de antes (ele estudou medicina por dois anos em Göttingen antes de passar à filosofia), seus estudos da fisiologia humana e animal lhe permitirão conectar cada vez mais o sonho com a *vida* (agora se vê que a palavra usada já na primeira edição do *Mundo* tem um sentido propriamente *biológico*). A fisiologia vitalista (de Johann Christian Reil e Marie François Xavier Bichat, por exemplo)[10] foi bastante marcante no seu pensamento: o modo

---

[10] Sobre a relevância de Reil e Bichat para a filosofia schopenhaueriana, ver Jürgen Brunner, "Die Materialisierung bewußter und unbewußter psychischer Phänomene bei Schopenhauer", *Schopenhauer Jahrbuch*, v. 88, pp. 95-114, 2007. A leitura que Schopenhauer faz de Bichat é mais tardia (a partir de 1838). Sobre o fisiólogo francês, ver A. Schopenhauer, *HN*, v. 4, 1, 30 (1832), pp. 90-1. Neste volume, na p. 29. Já Reil é uma leitura importante desde a juventude do filósofo, pois lendo um texto seu sobre fisiologia ("Ueber die Eigenschaften des Ganglien-Systems und sein Verhältnis zum Cerebral-System" [Sobre as propriedades do sistema ganglionar e sua relação com o sistema cerebral], *Archiv für die Physiologie*, v. 7, pp. 189-254, 1807) ele compreende a independência do sistema ganglionar em relação ao sistema nervoso central: enquanto o intelecto seria a sede da representação, os gânglios seriam um "órgão imediato da Vontade", o que pode ser verificado especialmente no caso dos sonâmbulos, que ainda reconhecem tempo e espaço

como a Vontade se manifesta no organismo é por ele explicada com recurso ao conceito de *força vital* (*Lebenskraft*).[11] Como na boa escola vitalista, a força vital, verdadeiro princípio ordenador e mantenedor do organismo, está incumbida de "vigiar" o que ocorre no interior dele, de zelar pelo seu bom funcionamento e mesmo reparar aquilo que, na medida de suas capacidades, ela consegue curar. Durante o sono, essa capacidade curativa (*vix naturae medicatrix*) e restauradora age o tempo todo, como uma espécie de médica constantemente em plantão, realizando suas operações mais difíceis e mostrando, com isso, que a "força vital metafísica" não conhece nenhum descanso, como a Vontade mesma de que é a manifestação.[12] Assim, no sono, boa parte da atividade animal entra em repouso, mas a vida orgânica se mantém acesa.[13] Isso não quer dizer que não seja operante também durante a vigília: o que ocorre é que, durante o dia, com os sentidos funcionando e advertindo todo o tempo o cérebro sobre o que se passa no mundo exterior, o funcionamento regulador da força vital não é percebido. Entretanto, quando o sujeito adormece, os movimentos provocados por ela no organismo acabam chegando de alguma maneira ao cérebro, e este é o gatilho para que o dispositivo onírico comece a funcionar. Quer dizer, ao receber os sinais que

e o princípio empírico de individuação, mas não o *isolamento dos indivíduos*. A anotação de Schopenhauer data de 1815, muito antes, portanto, da publicação do *Mundo como vontade e representação* (*HN*, v. 1, 502, pp. 338-9). A divisão fisiológica que Reil constata no sonambulismo será retomada por Schopenhauer na sua discussão sobre os sonhos. O fisiólogo e psiquiatra alemão também é citado em *Versuch über das Geistersehn* [*Ensaio sobre a vidência*], em *SW*, op. cit., v. 4, p. 293 (passagem não traduzida neste volume).

[11] A. Schopenhauer, *Ensaio sobre a vidência*, em *SW*, op. cit., v. 4, p. 283.

[12] *HN*, v. 3, 104 (1828), p. 525. Na anotação *HN*, v. 4, 1, 30 (1832), pp. 90-1, Schopenhauer, baseando-se em Bichat, afirma que a Vontade "zela pela vida orgânica", mesmo atuando sem conhecimento de sua "onipotência original".

[13] A divisão animal/orgânico vem de Bichat: as funções animais são cognitivo-intelectuais e motoras, desempenhadas pelos sentidos e pelo cérebro, enquanto as funções orgânicas são aquelas que dizem respeito ao sistema nervoso autônomo, de responsabilidade, portanto, dos gânglios e do nervo simpático. As funções orgânicas continuam trabalhando enquanto o indivíduo está dormindo.

o sistema nervoso periférico lhe envia, o cérebro os entende e traduz como se fossem mensagens enviadas pelos sentidos, elaborando-os da mesma maneira que procede com os dados sensíveis em vigília, isto é, na produção de representações. No entanto, o que afeta agora o sensório e o cérebro não são mais as informações provindas dos órgãos sensoriais, e sim aquelas produzidas pelo sistema ganglionar. Sem dúvida, o cérebro é enganado, o que ocorre justamente porque as informações chegam até ele pelos mesmos canais que provêm dos sentidos. Mas é desse modo que o sistema nervoso central e o periférico atuam juntos, possibilitando a elaboração onírica.[14]

No seu texto sobre a *Interpretação do sonho*, Freud lembra que a explicação schopenhaueriana da origem do sonho foi marcante para diversos autores de sua época. Ele também explica de maneira muito mais sucinta e precisa o argumento fisiológico schopenhaueriano que se acaba de resumir:

> O curso de ideias desenvolvido por Schopenhauer no ano de 1851 foi determinante para uma série de autores. A imagem do mundo surge em nós por isto, que nosso intelecto verte as impressões que o atingem de fora nas formas do tempo, do espaço e da causalidade. Durante o dia, os estímulos do interior do organismo, vindos do sistema nervoso simpático, manifestam uma influência inconsciente sobre nossa disposição. À noite, porém, quando cessou o efeito atordoante das impressões do dia, eles conseguem obter atenção para as impressões emergentes do interior — da mesma maneira que à noite ouvimos correr a fonte que o barulho do dia tornou inaudível. Mas de que outro modo pode o intelecto reagir a esses estímulos a não ser exercendo a função que lhe é própria? Ele remodelará, portanto, os estímulos em figuras preenchendo

---

[14] Para um apanhado geral da importância dos sonhos na economia do pensamento schopenhaueriano, ver Stephan Atzert, "Zur Rolle des Traums in Schopenhauers System", op. cit., pp. 185-96.

o tempo e o espaço, que se movem segundo o fio condutor da causalidade, e assim surge o sonho.[15]

Para Schopenhauer, a origem dos sonhos nos gânglios (naquilo que sua terminologia designa como "sistema nervoso plástico") lhes confere uma peculiaridade que os torna distintos de representações produzidas pela imaginação. Diferentemente destas, as imagens e os eventos oníricos não arbitrários, montados e desmontados ao bel-prazer da fantasia; muito pelo contrário, impondo-se com toda a necessidade ao sujeito que sonha, que não tem a menor condição de manipulá-las, são irrecusáveis como tudo aquilo que acomete inapelavelmente o indivíduo no curso de sua vida.

A *dramaturgia onírica*

A concepção fisiológica desenvolvida por Schopenhauer reforça suas reflexões iniciais sobre a equiparação entre sonho e percepção. Agora, porém, diferentemente do que acontece no *Mundo como vontade e representação*, quando o universo onírico trazia subsídios para a tese da idealidade e irrealidade do mundo

---

[15] S. Freud, *Die Traumdeutung* [*A interpretação dos sonhos*]. Leipzig; Viena: Deuticke, 1900 pp. 24-5. Em seu estudo citado há pouco, Jürgen Brunner lembra a importância para Freud da ideia schopenhaueriana segundo a qual os sonhos podem ser gerados por estímulos que vêm dos órgãos interiores ("Die Materialisierung bewußter und unbewußter psychischer Phänomene bei Schopenhauer", p. 95). Brunner também assinala que essa passagem da primeira edição da *Interpretação dos sonhos* "desmente" a afirmação de Freud, em carta a Lou Andreas-Salomé, de que estaria lendo Schopenhauer pela primeira vez naquele momento em que redige a missiva (isto é, em 1º de agosto de 1919). Também na primeira edição da *Interpretação dos sonhos*, Freud cita ainda duas passagens do *Ensaio sobre a vidência*, relacionadas diretamente aos sonhos: "Por isso, o sonho pode ser designado, desse ponto de vista, como uma loucura breve, e a loucura como um sonho longo", frase que modula, como citada acima, a relação entre sonho longo (vida) e sonho curto referida no *Mundo como vontade e representação* (*SW*, v. 4, p. 281; neste volume, p. 71). A outra citação "que todo homem age e fala no sonho em total conformidade com seu caráter" (*SW*, v. 4, p. 279; neste volume, p. 70) tem também grande importância, pois mostra que Freud teve contato com a "teoria dramatúrgica do sonho", que será discutida a seguir.

fenomênico, o que importa a Schopenhauer é marcar a índole *realista* deles. As coisas, os acontecimentos, os indivíduos têm, no sonho, a mesma densidade e espessura que seus correlatos "reais", que também passam a ser considerados em sentido positivo.

Em paralelo com as explicações fisiológicas, Schopenhauer também se convence do caráter necessário e irrecusável dos sonhos ao entrar em contato com aquilo que se pode chamar "teoria dramatúrgica da vida onírica".[16] Dada a sua erudição, é possível que ele tenha se familiarizado com essa teoria também pela leitura de outros autores, mas seus textos deixam claro que suas considerações se baseiam principalmente em Lichtenberg e Jean Paul.

O físico e escritor Georg Christoph Lichtenberg (1742-99) dedica de fato muitas passagens aos sonhos nas anotações dos seus famosos *Sudelbücher*; a mais significativa, no entanto, parece ser a que se encontra na "Primeira continuação" (*Erste Fortsetzung*) de sua *Proposta de um Orbis Pictus para escritores, romancistas e atores alemães*. Nesse ensaio em que procura explicar as fraquezas dos escritores, dramaturgos e atores alemães e apresentar meios de evitá-las, Lichtenberg escreve:

> Não raro vi pessoas que escrevem mal falarem primorosamente numa reunião de amigos, e por toda parte encontramos pessoas que sonham melhor (no sono) do que escrevem. No sonho do indivíduo mais comum, o confuso fala de maneira confusa, e o misterioso, de maneira misteriosa, frequentemente com o propósito de atormentar o próprio sonhador, que, no entanto, é o autor de tudo aquilo, e que, caso devesse escrever algo assim acordado, certamente atenuaria bastante o tormento, mas também, em compensação, apareceria novamente como um frasista comum.

---

[16] Para uma breve história dessa teoria dramatúrgica do sonho, ver "A interpretação da vida onírica na cena literária", na *Folha de S. Paulo*, 31 maio 2015, Ilustríssima, pp. 6-7.

Deixo a solução desse problema psicológico, que não é muito difícil, ao próprio leitor. Caso o solucione, logo reconhecerá também o que tem de fazer para esboçar um caráter com a pena, tão firmemente quanto o faz agir no sonho, vale dizer, quanto não lhe falta de todo o que não se pode dar a si aqui, mas tampouco pode possuí-lo sem que o saiba.[17]

O sonho funciona como verdadeiro critério para avaliar a força de um escritor, a fibra do seu estilo, a precisão com que descreve suas personagens etc., porque, enquanto sonha, o sonhador é um escritor ou dramaturgo muito mais vigoroso do que quando se põe a escrever à luz do dia. Enquanto dorme, ele não pode evitar todo o tormento que inflige a si mesmo, provocado por personagens e situações de sua própria invenção. Já ao pegar da pena em sua escrivaninha, sua escrita raleia o que experimentou durante a noite.

Essa característica — a firmeza e a determinação inabalável manifestada pelo sonhador em seus sonhos — também é destacada por Jean Paul (Jean Paul Friedrich Richter, 1763-1825). A inspiração de Jean Paul pode ter sido também Lichtenberg, embora a fonte mais provável de onde extrai suas ideias seja Joseph Addison, que escreveu um ensaio admirável sobre o tema na revista *Spectator* (número de terça-feira, 18 de setembro de 1712).[18] Em 1796, Jean Paul publica um ensaio sobre o assunto em que afirma que o sonho é uma "arte poética involuntária".[19]

---

[17] G. C. Lichtenberg, *Orbis Pictus. Erste Fortsetzung*. In: Id., *Schriften und Briefe*. Org. de Wolfgang Promies (Frankfurt am Main: Tausendeins, 1998), p 395.

[18] Conhecido por sua anglofilia, é bem provável que também Lichtenberg tenha se inspirado em Addison.

[19] Caberia lembrar que Jean Paul desempenhou papel importante na história da recepção da filosofia schopenhaueriana, tendo sido ele dos poucos a comentar positivamente a primeira edição de *O mundo como vontade e representação*, que foi, como se sabe, um fiasco junto ao público acadêmico assim como junto ao público em geral. Na sua *Kleine Nachschule zur ästhetischen Vorschule* [*Pequena pós-escola à escola preparatória de estética*], Jean Paul assinala que o livro de Schopenhauer é "uma obra filosófica genial, audaciosa, multifacetada, cheia de perspicácia e profundidade, mas com uma fundura frequentemente desesperada e sem fim — comparável ao lago

Ele explica que o poeta onírico age em seus sonhos como um verdadeiro Shakespeare, ao encontrar as palavras mais marcantes que poderiam provir da boca de suas personagens, mais parecendo, por isso, que foram elas mesmas na verdade que, como o ponto no alçapão do palco, sopraram aquelas palavras ao autor. A explicação psicológica que Jean Paul dá para isso é bastante sagaz:

> [...] os figurantes do sonho nos surpreendem com respostas que nós mesmos lhes inspiramos; também em vigília cada ideia surge subitamente como uma faísca, que atribuímos a nosso esforço; no sonho, contudo, nos falta a consciência desse [esforço] e precisamos, portanto, atribuir a ideia à figura que temos diante de nós, à qual transferimos o esforço.[20]

melancólico na Noruega em cujo paredão circundante de penhascos escarpados jamais vemos o sol, mas apenas o céu constelado no fundo, por onde não passam nenhum pássaro e nenhuma onda. Por sorte, posso apenas elogiar, sem precisar subscrever o livro". Em Jean Paul, *Werke in zwölf Bänden* (Munique: Hanser, 1975), v. 9, pp. 507-8. Schopenhauer comenta essa menção na conclusão do escrito *Sobre a vontade na natureza*, onde observa que o escritor romântico não foi afetado pela política de silêncio sobre sua obra, tramada pelos filósofos de profissão (*SW*, v. 3, p. 478). A passagem também é assinalada e comentada num exemplar que Schopenhauer tinha das obras do escritor: *Kleine Bücherschau. Gesammelte Vorrede und Rezensionen, nebst einer kleinen Nachschule zur ästhetischen Vorschule* (Breslau: Josef Max, 1825). (*HN*, v. 5, pp. 419 e 421)

[20] Jean Paul, "Über das Träumen" [Sobre o sonhar]. In: Id., *Jean Pauls Briefe und bevorstehender Lebenslauf [Correspondência de Jean Paul e carreira percorrida por ele até agora]*, *Werke in zwölf Bänden*. Org. de Norbert Miller (Munique; Viena: Hanser, 1975), v. 8, pp. 978-9. Leitor de Addison, Kant também conhecia provavelmente essa concepção dramatúrgica da vida onírica, como se depreende desta passagem: "Parece-nos às vezes no sonho como se lêssemos versos que achamos belos, os quais, no entanto, fomos nós mesmos provavelmente que fizemos, e nossos pensamentos podem nos representar no sonho tão bem coisas tais que dificilmente poderíamos conceber em vigília. A causa disso é: no sono, nada nos impede de repetir corretamente as antigas impressões. Seria possível assim, no sonho, atinar com um verso num poema para o qual jamais poderíamos ter atinado em vigília". I. Kant, *Menschenkunde*, AA 25: 1004. Nesta e em diversas outras passagens dos cursos de antropologia, Kant também procura mostrar qual é a relação existente entre o sonho e a fisiologia.

O sonhador assiste a um espetáculo cênico do qual ele mesmo é o único criador e diretor: a cena, as personagens, os gestos, as falas, tudo foi produzido e dirigido por ele, mas ele mesmo delega inconscientemente sua obra às personagens que inventou; é assim, por exemplo, que elas põem questões que ele mesmo não sabe responder, agindo a contragosto seu, impondo-lhe obstáculos e contratempos, exatamente como ocorre na vida. Como afirma Jean Paul: "No sonho não há razão e, portanto, não há liberdade".[21] O sujeito não tem o comando no sonho: a sua realidade, as suas personagens são rebeldes a seus decretos e deliberações.

Schopenhauer retoma o essencial das considerações de Jean Paul: como o grande dramaturgo inglês, o sonhador cria personagens shakespearianas que se caracterizam pelo alto grau de definição e determinação de suas ações e palavras, além de situações das quais o próprio criador não tem como escapar. Como antes mencionado, os indivíduos empíricos nada mais são, na verdade, do que meras representações, ilusões sem consistência, e o interesse dos sonhos é que neles tais fogos-fátuos dão lugar a verdadeiras individualidades de carne e osso, que não podem fugir àquilo que é a essência próprio de cada um. Ao mostrar o que ele deve realmente querer, qual o caminho há de seguir em detrimento das decisões e planos racionais, o sonho revela ao indivíduo o seu verdadeiro caráter — o seu caráter inteligível, na terminologia schopenhaueriana —, do qual ele não pode fugir. O sonho é, assim, uma espécie de curso de vida abreviado: pois ali cada indivíduo conhece propriamente sua verdadeira natureza e seu destino, da mesma maneira que, ao final da vida, ele olha para trás e vê, como num romance, a coerência do conjunto de suas ações — muitas vezes para surpresa e espanto do próprio sujeito, como também não raro sucede nas pequenas peças noturnas que seus sonhos lhe pregam.

[21] Id., "Über das Träumen", op. cit., pp. 979-80.

Para Schopenhauer, por isso, o verdadeiro diretor teatral secreto dos sonhos (*der heimliche Theaterdirektor seiner Träume*)[22] não é exatamente o Eu, mas a sua Vontade, uma Vontade cega, irracional, incompreensível para o intelecto do sujeito, ao mesmo tempo que plenamente sabedora do que realmente quer. Com a percepção de que a vontade se encaixa perfeitamente na dinâmica teatral descrita por Lichtenberg e Jean Paul, já que ela pode ocupar com mais precisão o lugar que estes atribuíam ao sujeito na produção da cena onírica, Schopenhauer se permite reconstruir assim a teoria dramatúrgica dos sonhos em conformidade com os princípios de sua metafísica.

Com efeito, conforme explicado por Jean Paul, no sonho o sujeito "aliena" o trabalho de sua produção, transferindo para as personagens e para a cena "objetivada" tudo aquilo que é, na verdade, propriamente seu. Ao mesmo tempo, curiosamente, como ocorre na contemplação das obras artísticas, o sujeito também se converte, para Schopenhauer, num "puro sujeito do conhecimento", assistindo a toda a encenação como um espectador que não pode interferir na ação. Mas, ao contrário do que ocorre no prazer estético contemplativo, o sonhador não pode ser um puro sujeito *desinteressado*, já que é provavelmente o mais interessado, se não o único, no desenlace da trama. Toda a sua teoria dramatúrgica do sonho é certamente muito fecunda, e o crítico americano David E. Wellbery faz uma observação que, mesmo sem se referir propriamente a ela, ajuda a compreender bem a dimensão literária da filosofia schopenhaueriana como um todo e suas considerações sobre o sonho em relação com o sujeito em particular. Ele afirma que a importância de Schopenhauer para a literatura moderna

---

[22] A. Schopenhauer, "Transzendente Spekulation *über* die anscheinende Absichtlichkeit im Schicksale des Einzelnen" [Especulação transcendente sobre a aparente intencionalidade no destino do indivíduo], em *SW*, v. 4, p. 266. Neste volume, na p. 58.

consiste em ter aberto espaço para *"formas de subjetividade sem eu"* (*Formen von ichloser Subjektivität*).[23]

Esquematismo, monograma, teatro

De fato, na teoria dramática dos sonhos, tal como Schopenhauer a concebe, é possível falar, como se mostrou, de um extravasamento ou ultrapassamento do eu. É certo que o conteúdo onírico diz mais intimamente respeito ao sujeito que sonha, mas esse sujeito não pode ser entendido com uma mônada solitária, isolada. Ao contrário do sujeito do conhecimento teórico, que está diante, mas distante do mundo, das coisas, dos outros indivíduos, porque está separado deles pelo véu de Maia (a lição vem dos hindus, mas é também kantiana: não se pode conhecer como as coisas são nelas mesmas), o sujeito onírico tem um contato mais íntimo, como foi dito, com os outros verdadeiros "eus". Essa dimensão intersubjetiva mais profunda é revelada no sonho: cada sonhador é a personagem principal de seus sonhos, e as outras pessoas são figurantes neles, mas isso quer dizer também que a personagem principal pode ser figurante no sonho alheio, e assim todos participam de alguma maneira nos sonhos de todos. A elaboração onírica é comandada pela vontade do indivíduo, uma vontade que entra por inteiro, sem partes, na constituição do seu caráter; ela é ao mesmo tempo, no entanto, uma Vontade universal, que está também na constituição do caráter de todos os outros indivíduos. Essa Vontade que é ao mesmo tempo singularizada e universal é igualmente responsável pela coordenação entre os sonhos de todos os sujeitos, coordenação que daria, segundo Schopenhauer, o verdadeiro sentido da expressão "harmonia preestabelecida" empregada por Leibniz. Diferentemente do que ocorre na experiência em vigília, onde todos os indivíduos sonham o mesmo sonho diurno,

---

[23] David E. Wellbery, *Schopenhauers Bedeutung für die moderne Literatur*. Munique: Carl Friedrich von Siemens Stifung, 1998, p. 57.

mas estão apartados uns dos outros justamente pelas condições transcendentais do conhecimento (tempo, espaço e causalidade mais distanciam do que aproximam), na experiência noturna os indivíduos não sonham a mesma realidade objetiva, mas sonhos diversificados, nos quais, todavia, eles se comunicam mais direta e intimamente, pois ali a fisiologia vitalista e a dramaturgia onírica se juntam para oferecer aos sujeitos condições mais adequadas para o conhecimento de quem realmente são. Um conhecimento não só individual, mas também de uns em relação aos outros: pois aquilo que é percebido em latência durante o dia, isto é, sem consciência clara, pode receber uma interpretação surpreendente durante o sono. Explicando melhor: sentimentos que tocam o sistema nervoso periférico sem serem notados pela consciência desperta, porque ela está então mais diretamente envolvida com os objetos, sujeitos e situações que afetam os sentidos, afloram à noite (quando a vigilância externa baixa a guarda), instituindo um "mundo paralelo", no qual se revela muita coisa que passa em branco na experiência do sujeito acordado. O trabalho do sistema ganglionar e simpático é muito mais eficaz do que a atividade cerebral para elaborar o que se viveu inadvertidamente durante o dia:

> Que o cérebro sonhe, significa propriamente que ele é ativo durante sua inatividade. — *Que ocorrências do dia anterior se tornem temas do sonho*, não prova que ocorram no cérebro: aquilo que durante o dia o cérebro representa, o sensório ganglionar poderia repetir, ruminar, como um segundo estômago: assim como o cérebro pode se tornar partícipe das representações do sensório ganglionar, o sensório ganglionar também pode, inversamente, se tornar partícipe das representações do cérebro.[24]

---

[24] A. Schopenhauer, *HN*, v. 3, 104 (1928), pp. 524-9. Grifos acrescentados.

Esse trecho antecipa de algum modo o que Freud viria depois a chamar de "resto do dia" (Tagesrest): o sistema de gânglios retém sinais do que ocorreu de significativamente importante durante o dia, sem a intervenção da consciência, sinais que ele posteriormente transmite ao cérebro, que os traduz, por sua vez, na forma de representações. Haveria então, segundo essa passagem, a possibilidade de uma cooperação do intelecto e do sistema ganglionar na "ruminação" e "reinterpretação" das experiências do dia anterior.

Schopenhauer tem plena consciência de que toda a sua construção da vida onírica subjetiva e intersubjetiva é uma "especulação transcendente", como diz o título de seu ensaio sobre o destino individual, uma mera "fantasia metafísica" nada dogmática, como explica no início do texto.[25] Mas ele também não recua diante da "temeridade" de estipulá-la, pois julga que o "acanhamento diante dessa ideia colossal" diminui quando se lembra que

> o sujeito do grande sonho da vida é em certo sentido apenas um, a Vontade de viver, e que a pluralidade dos fenômenos é condicionada por tempo e espaço. Ele é um grande sonho sonhado por aquele *único* ser, mas de tal modo que todas as suas pessoas o sonham juntamente com ele.[26]

Por essas linhas se pode dizer que a Vontade seria então a verdadeira sonhadora, e isso em dois significados diferentes: de um lado, ela produz sonhadoramente o mundo objetivo, o mundo da representação condicionado pelas categorias tempo, espaço e causalidade; mas, de outro, é ela também que sonha os sonhos noturnos, aqueles que estão condicionados pelas suas categorias fisiológicas e dramatúrgicas. Só há, na verdade, um

---

[25] Id., "Transzendente Spekulation *über* die anscheinende Absichtlichkeit im Schicksale des Einzelnen", op. cit., p. 245. Neste volume, na p. 35.
[26] Ibid., p. 269. Neste volume, na p. 60.

único grande sonhador e, por isso, todas as pessoas sonham juntas o mesmo sonho que ele e com ele. Em suma, a Vontade não é apenas o "diretor teatral secreto" dos sonos individuais, mas também do grande sonho coletivo dos homens.

Schopenhauer não chegou a escrever uma metafísica do sonho, assim como escreveu uma metafísica do amor e uma metafísica da morte. Mas a vida onírica alcança uma posição única em seu pensamento: embora seja elemento subsidiário em vários momentos de sua obra, empregado como meio da argumentação para demonstrar a idealidade dos fenômenos, a teleologia implícita no destino individual ou a vidência, não é exagerado dizer que o sonho também pode ser pensado como um conceito autônomo, pois o filósofo nele enxergou um momento único para o qual convergem termos opostos como fenômeno e coisa em si, "nexo objetivo" e "nexo subjetivo", contingência e necessidade, causalidade eficiente e causalidade final, mecanismo e organismo, individualidade e universalidade. Por tudo isso, entender a dinâmica onírica seria útil, segundo ele, para perceber como se passa do plano da Vontade para o plano da representação, ou como a necessidade exterior inexorável do mecanismo pode se combinar com a contingência da vida orgânica individual, naquilo que denomina "fatalismo transcendente" — um fatalismo que rege não apenas a ordem cósmica, mas a vida particular de cada indivíduo.[27]

Quando procura explicar o sentido do conceito de "esquema" na *Crítica da razão pura*, Kant afirma que ele não é uma mera "imagem", um produto da imaginação empírica, mas, por assim dizer, um "monograma" produzido pela imaginação pura a priori, que torna primeiramente possível as imagens (B 181). Certamente pensando no significado que lhe é dado por Kant, Schopenhauer emprega o termo numa de suas reflexões

---

[27] Ibid., p. 249. Neste volume, p. 39.

póstumas para dizer que o sonho é o "monograma da vida".[28] De fato, para ele o sonho é uma produção que, como a do esquematismo, é quase inexplicável, mas que, por sua virtude e eficácia, explica muita coisa. O sonho põe em cena o modo de produção da vida e do destino. Ele é, num sentido muito caro ao Idealismo alemão, uma *apresentação*, uma *Darstellung*, uma mise en scène[29] — embora já não mais, como em Fichte e Schelling, uma operação da imaginação, e sim um *teatro da Vontade*.

---

[28] A. Schopenhauer, *HN*, v. 3, 90 (1828), pp. 515-6. Neste volume, na p. 95, nota.

[29] Para a importância da *Darstellung* em sua acepção de apresentação teatral no idealismo de Fichte, ver Rubens Rodrigues Torres Filho, "A *Filha natural* em Berlim", em id., *Novos ensaios de filosofia ilustrada* (São Paulo: Iluminuras, 2004), pp. 91-108.

PARA UMA METAFÍSICA DO SONHO

ESPECULAÇÃO TRANSCENDENTE SOBRE A APARENTE INTENCIONALIDADE NO DESTINO DO INDIVÍDUO

*Tò eikêi ouk ésti en têi zoê,
alla mía harmonía kaì táxis.*[30]

Plotino

Ainda que as ideias[31] a ser aqui comunicadas não levem a resultado seguro e possam até talvez ser chamadas de mera fantasia metafísica, não pude, contudo, me decidir a relegá-las ao esquecimento, porque a alguns ao menos serão oportunas como comparação com aquelas que eles próprios formaram a respeito do mesmo objeto. Também se lhes deve advertir que nelas tudo é duvidoso, não apenas a solução, mas até mesmo o problema. Bem longe, portanto, de esclarecimentos decisivos, o que se espera aqui é simplesmente ventilar a discussão sobre um estado de coisas muito obscuro, ao qual, no entanto, todos talvez tenham sido com frequência levados no curso de suas vidas, ou quando lançam um olhar retrospectivo sobre elas.

---

[30] "O acaso não tem lugar na vida, mas apenas governa uma harmonia e ordem." *Enéadas*, 4, 4, 35. (N. T.)

[31] Na presente tradução se fez uso quase sistemático de "ideia" para traduzir o termo alemão *Gedanke*. A opção vai certamente contra a distinção clara em Schopenhauer entre pensamento e ideia (*Idee*) no sentido platônico, mas, como o leitor verá, o contexto parece pedir em português o emprego desta última palavra, principalmente quando o contexto é associativo-fisiológico, como é o caso na associação de ideias (*nexus idearum* no latim usado por Schopenhauer). (N. T.)

Nossas considerações a esse respeito talvez não sejam mais do que um tatear e apalpar no escuro, quando notamos que há algo ali, mas não sabemos direito onde nem o quê. Se por vezes caí no tom afirmativo e mesmo dogmático, seja dito aqui de uma vez por todas que isso ocorre apenas para não me tornar prolixo e cansativo, repetindo constantemente fórmulas de dúvida e de conjectura; não se deve, portanto, levá-lo a sério.

A crença numa providência especial ou, em geral, num direcionamento supranatural dos acontecimentos no curso de vida individual esteve em voga em todos os tempos, e é encontrada por vezes numa firmeza inabalável mesmo em cabeças pensantes, avessas a todo tipo de superstição, sem que tenha conexão alguma com quaisquer dogmas estabelecidos. — Antes de mais nada se lhe pode opor que ela, à maneira de todas as crenças nos deuses, não surgiu propriamente do *conhecimento*, mas da *Vontade*, ou seja, ela é em primeiro lugar filha de nossa indigência. Pois os dados que poderiam ser fornecidos pelo mero *conhecimento* permitiriam talvez concluir que o acaso, que nos prega centenas de peças atrozes e como que propositadamente maldosas, de quando em quando se mostra excepcionalmente favorável e cuida também indiretamente muito bem de nós. Em todos esses casos reconhecemos nele a mão da providência, e o mais claramente quando nos conduz a uma meta venturosa, contra nossa própria compreensão e mesmo por caminhos que abominamos, quando então dizemos: "*Tunc bene navigavi, cum naufragium feci*",[32] e se torna inteiramente inequívoca a oposição entre escolha e direcionamento, mas, ao mesmo tempo, a sensível vantagem deste último. Precisamente em virtude deste nos consolamos em acasos adversos com o pequeno provérbio, de frequente comprovação: "Quem sabe o que há de bom nisso" — que surgiu propriamente de se compreender

---

[32] Literalmente, "Então navegava bem, quando sofri naufrágio". Em português, o dito correspondente é "Há males que vêm para o bem". Em latim no original. (N. T.)

que, embora o *acaso* governe o mundo, ele divide a sua regência com o *erro* e, por estarmos sujeitos tanto a um como a outro, talvez seja justamente sorte aquilo que agora nos parece azar. Fugimos assim das traquinadas de um tirano do mundo para as de outro, ao apelarmos do acaso para o erro.

Abstraindo-se disso, atribuir intenção ao mero acaso, ao acaso puro, manifesto, é ideia de uma ousadia sem igual. Creio, no entanto, que todo mundo a concebeu vivamente ao menos *uma vez* na vida. Também a encontramos em todos os povos e junto a todos os dogmas de fé, ainda que da maneira a mais decidida entre os muçulmanos. Dependendo de como a entendamos, essa ideia pode ser a mais absurda ou a mais profunda de todas. Entretanto, contra os exemplos com que se poderia comprová-la, por mais acachapantes que às vezes possam ser, resta a objeção corrente de que seria a coisa mais espantosa do mundo se o acaso cuidasse bem de nossos negócios, e até mesmo melhor do que nosso entendimento e discernimento fossem capazes.

Que tudo o que acontece suceda, sem exceção, com *rigorosa necessidade*, é uma verdade que pode ser reconhecida a priori, portanto uma verdade incontestável: quero chamá-la aqui fatalismo demonstrável. No meu escrito premiado *Sobre a liberdade da vontade* ela se segue (p. 62) como resultado de todas as investigações precedentes.[33] Ela é atestada empiricamente e a posteriori pelo fato, não mais passível de dúvida, de que sonâmbulos magnéticos, pessoas dotadas de visão paranormal e mesmo às vezes sonhos do sono comum anunciam previamente o futuro de maneira decidida e precisa.[34] A constatação empírica

---

[33] "Tudo o que acontece, da maior das coisas à menor, acontece necessariamente. *Quiquid fit, necessario fit.*" A. Schopenhauer, *Sobre a liberdade da vontade*, em SW, v. 3, p. 581.

[34] No *Times* de 2 de dezembro de 1852, se encontra o seguinte depoimento judicial: "Em Newent, Gloucestershire, se realizou diante do juiz de instrução, Mr. Lovegrove, uma audiência judicial sobre o cadáver de um homem, Marc Lane, encontrado nas águas. O irmão do afogado afirmou que à primeira notícia do sumiço de seu irmão ele teria respondido imediatamente: 'Então ele se afogou; pois havia sonhado isso naquela noite, e que eu, encontrando-me profundamente na água,

da minha teoria da rigorosa necessidade de todo acontecimento ocorre da maneira mais notória na *visão paranormal*.[35] Pois aquilo que é frequentemente anunciado muito antes por seu intermédio, nós o vemos ocorrer de novo com toda a exatidão e com todos os detalhes mesmo quando tivermos nos empenhado intencionalmente e de todas as maneiras para impedi-lo, ou fizermos o ocorrido se desviar ao menos em algum incidente da visão comunicada; o que sempre foi em vão, pois então justamente aquilo que devia impedir o que se anunciou era o que sempre servia para realizá-lo; exatamente como, tanto nas tragédias como na história dos antigos, a catástrofe anunciada por oráculos ou sonhos se concretiza justamente graças aos meios empregados contra ela. Dentre tantos exemplos, menciono apenas o de Édipo Rei e a bela história de Creso e Adrasto no primeiro libro de Heródoto (caps. 35 a 43). Casos de visão paranormal correspondentes a estes se encontram no terceiro caderno do oitavo volume do *Arquivo para o magnetismo animal* de Kieser (especialmente exemplos 4, 12, 14, 16), relatados pelo insuspeito Bende Bendsen; assim como também um caso semelhante na *Teoria da pneumatologia* de Jung Stilling, § 155. Se o dom da visão paranormal não fosse tão raro, mas frequente, inúmeros incidentes, prenunciados, se cumpririam com exatidão, e estaria universalmente acessível a quem quer que seja a prova fática inegável de que todo e qualquer acontecimento obedece à rigorosa necessidade. Então já não restaria dúvida de

---

me esforçava para tirá-lo de lá. Na noite seguinte, sonhou de novo que seu irmão havia se afogado perto da eclusa de Oxenhall e que *uma truta nadava a seu lado*. Na manhã seguinte foi a Oxenhall acompanhado de seu outro irmão: viu ali *uma truta na água*. Imediatamente se convenceu de que seu irmão tinha de estar ali, e o cadáver se encontrava efetivamente naquele lugar". — Portanto, algo tão fugaz como a passagem de uma truta foi previsto, com exatidão de segundos, muitas horas antes de acontecer! (N. A.)

[35] No original: *Zweites Gesicht*. Segundo o dicionário etimológico *Duden*, significa "a capacidade de ver acontecimentos futuros como o olho do espírito", e é tradução adaptada do inglês *second sight* (*Duden: Das Herkunftswörterbuch*, 2. ed., 1989), pp. 236-7. (N. T.)

que, por mais que o curso das coisas se apresente de maneira puramente contingente, no fundo ele assim não é, ao contrário, todos esses acasos, *tà eikêi pherómena*[36] estão cingidos por uma profunda necessidade oculta (*heimarménê*).[37] Lançar um olhar nesta foi desde sempre o esforço de toda *mântica*. Ora, da mântica concreta aqui trazida à lembrança não se segue propriamente apenas que todos os eventos se cumprem com inteira necessidade, mas também que de alguma maneira eles já estão determinados de antemão e estabelecidos objetivamente, porque se apresentam ao olho do vidente como algo presente; de todo modo, isso ainda poderia ser explicado pela mera necessidade do acontecido em decorrência do decurso da cadeia causal. Como quer que seja, a compreensão, ou melhor, a visão de que aquela necessidade de todo acontecer *não é cega*, isto é, a crença num andamento tão planificado quanto necessário no nosso curso de vida é um fatalismo de tipo mais elevado, que, no entanto, não se deixa demonstrar como o fatalismo simples, no qual todo mundo cai talvez mais cedo ou mais tarde e o sustenta por um tempo ou para sempre, em conformidade com seu modo de pensar. Para diferenciá-lo do fatalismo habitual e demonstrável, podemos chamá-lo *fatalismo transcendente*. Ele não provém, como aquele, de um conhecimento teórico propriamente dito, nem da investigação necessária para chegar a este, investigação para a qual poucos estariam capacitados; ele sobressai aos poucos das experiências do próprio curso de vida. É que certos eventos se fazem notar entre essas experiências, os quais, em virtude de sua peculiar e grande finalidade para o indivíduo, trazem nitidamente gravadas em si, de um lado, a marca de uma necessidade moral ou interna, mas, de outro, a da total necessidade externa. A frequência maior com que ocorrem leva aos poucos à opinião, que amiúde

---

[36] As coisas que acontecem ao acaso. (N. T.)

[37] "Destino". Literalmente a parte que cabe a cada um. Em grego no original. (N. T.)

se torna convicção, de que o curso de vida do indivíduo, por mais confuso que possa parecer, é um todo em si coerente, contendo tendência determinada e sentido instrutivo, tanto quanto o mais bem pensado poema épico.[38] O ensinamento que lhe é transmitido se refere, porém, unicamente à sua vontade individual — que é, em última análise, o seu erro individual. Pois plano e totalidade não estão na história universal, como supõe a filosofia dos professores universitários, mas na vida do indivíduo. Os povos, com efeito, existem apenas in abstracto;[39] os indivíduos são o real. Por isso, a história universal não tem significado diretamente metafísico; ela é propriamente apenas uma configuração casual; lembro aqui o que disse a esse respeito no *Mundo como vontade e representação*, v. 1, § 35. — Em relação, portanto, ao próprio destino individual surge em muitos aquele *fatalismo transcendente*, a que dá ensejo talvez a consideração atenta da própria vida depois de o seu fio já ter sido fiado longe o bastante; com efeito, ao examinar os seus pormenores, o curso de vida do indivíduo pode por vezes se lhe apresentar como se tudo tivesse sido tramado, e as pessoas que nele surgiram lhe aparecer como meros atores. Esse fatalismo transcendente não tem apenas muito de consolador, mas talvez também muito de verdadeiro; por isso, em todas as épocas ele foi afirmado até mesmo como dogma.[40] Por ser inteiramente isento merece ser mencionado aqui o testemunho de um homem de mundo

---

[38] Quando refletimos minuciosamente sobre algumas cenas de nosso passado, tudo ali nos parece tão bem tramado como num romance bem planejadamente estruturado. (N. A.)

[39] Em latim no original. (N. T.)

[40] Nem nosso *agir*, nem nosso *curso de vida são nossa obra*, mas sim aquilo que ninguém considera como tal: *nossa essência e nossa existência*. Pois, fundados nestas e nas circunstâncias que se insertam no rigoroso nexo causal, nosso agir e nosso curso de vida se desenrolam por si mesmos com total necessidade. Por conseguinte, todo o curso de vida, incluindo seus pormenores, já está irrevogavelmente determinado no nascimento do ser humano; de modo que uma sonâmbula na mais alta potência poderia prevê-lo com exatidão. Deveríamos ter essa grande e segura verdade perante os olhos ao considerarmos e julgarmos nosso curso de vida, nossas ações e sofrimentos. (N. A.)

e de corte experimentado, testemunho prestado, além disso, numa idade nestoriana, a saber, o do nonagenário Kneber, que escreve numa carta:

Observando-se mais detidamente descobrimos que há na vida da maioria dos homens um certo plano que lhes é, por assim dizer, previamente traçado pela própria natureza ou pelas circunstâncias que os conduzem. Por mais diversificadas e inconstantes que possam ser as situações de suas vidas, no final se revela um todo que deixa perceber uma certa coerência... A mão de certo destino, conquanto atue ocultamente, também se mostra com precisão, quer tenha sido movida por ação externa, quer por estímulo interno; de fato, razões contraditórias frequentemente se movem em sua direção. Por mais confuso que seja o curso, sempre nele transparece razão e direção. (Knebels literarischer Nachlaß, 2. ed., 1840, v. 3, p. 452)

A conformidade a um plano aqui referida no curso de vida de cada um pode, por certo, ser em parte esclarecida pela imutabilidade e férrea consequência do caráter inato, que sempre coloca o homem nos mesmos trilhos. Cada qual reconhece tão imediata e seguramente o que mais condiz com esse seu caráter, que em regra nem sequer chega a apreendê-lo na consciência clara, refletida, mas age imediata e instintivamente de acordo com ele. Uma vez que passa à ação sem ter chegado à consciência clara, refletida, essa espécie de conhecimento pode ser comparada às *reflex actions* de Marshall Hall.[41] Graças a ele, todo aquele que não seja acometido de violência, nem externamente, nem pelos próprios falsos conceitos e preconceitos, persegue e agarra o que lhe é o mais apropriado individualmente, sem nem mesmo poder prestar contas disso; como a tartaruga que, chocada pelo

---

[41] Ações ou movimentos reflexos. Em inglês no original. Marshall Hall (1790-1857): médico inglês que se dedicou ao estudo da fisiologia do sistema nervoso, autor de *On the Reflex Functions of the Medula Oblongata and Medula Spinalis* (1833). (N. T.)

sol na areia e recém-saída do ovo, toma imediatamente a direção certa para a água, mesmo sem poder vê-la. Esta é, pois, a bússola interna, o aceno secreto, que põe cada um corretamente *no* único caminho que lhe é apropriado, cuja direção constante, todavia, ele só notará depois de tê-lo percorrido. — De qualquer maneira, isso parece insuficiente diante da poderosa influência e da grande potência das circunstâncias externas; e, de mais a mais, não é muito crível que o que há de mais importante no mundo, o curso da vida humana, obtido com tanto labor, flagelo e sofrimento, também deva receber mesmo a metade de seu direcionamento , isto é, a parte proveniente de fora, assim tão própria e puramente das mãos de um acaso realmente cego, que não é absolutamente nada em si mesmo e desprovido de toda ordenação. Ao contrário, é-se tentado a crer que — assim como existem certas imagens, denominadas anamorfoses (Pouillet, 2, 171),[42] que mostram ao olho nu apenas figuras distorcidas e mutiladas, enquanto, vistas num espelho cônico, apresentam figuras humanas regulares —, a apreensão puramente empírica do curso do mundo se parece à visão da imagem a olho nu, enquanto seguir a intenção do destino se parece à visão no espelho cônico, que reúne e ordena o que antes estava disperso. No entanto, a essa opinião ainda se pode opor outra, a de que a coesão conforme a um plano que acreditamos perceber nos eventos de nossa vida não passa de um efeito inconsciente de nossa fantasia ordenadora e esquematizante, semelhante àquela por força da qual vemos nítida e belamente figuras e grupos humanos numa parede manchada, ao projetarmos coesão planificada em manchas espalhadas pelo mais cego acaso. Entretanto, é de supor que aquilo que, no sentido mais elevado e verdadeiro, é o mais justo e saudável para nós não pode ser aquilo que foi meramente projetado, mas jamais executado, aquilo, portanto, que não obteve outra existência senão a de

[42] Claude Pouille, *Eléments de physique expérimentale et de météorologie*, v. 2 (1829). (N. T.)

nossos pensamentos — os *"vani disegni, che non han mai loco"*[43] de Ariosto — e cujo malogro acarretado pelo acaso teríamos de lamentar depois pelo resto da vida; muito pelo contrário, ele é o que está realmente gravado na grande imagem da realidade, e do qual dizemos com convicção, depois de reconhecermos a sua finalidade: *"sic erat in factis"*[44] — por isso, seria preciso cuidar de algum modo para que aquilo que é finalístico neste sentido se realize, graças a uma unidade do contingente e do necessário contida no fundamento mais profundo das coisas. Por força dessa unidade, a necessidade que se apresenta como impulso instintivo, a reflexão racional e, finalmente, a intervenção externa das circunstâncias cooperam de tal modo umas com as outras no curso da vida humana, que ao final, quando este está completamente concluído, o fazem aparecer como uma obra de arte bem-acabada, completa, ainda que antes, quando ainda estava sendo realizada, muitas vezes não se podia reconhecer nem plano, nem fim, como em toda obra de arte que começa a ser realizada. Mas quem aparecesse logo depois que o seu acabamento ocorresse e o examinasse detidamente, teria de se espantar com tal curso de vida, considerando-o a obra da mais refletida providência, sabedoria e pertinácia. A sua importância no todo, porém, dependeria do fato de seu sujeito ter sido alguém comum ou alguém extraordinário. É desse ponto de vista que se poderia conceber a ideia deveras transcendente segundo a qual, no fundamento deste *mundus phaenomenon*,[45] no qual o acaso domina, está sem exceção e em toda parte um *mundus intelligibilis*,[46] que governa o acaso. A natureza, por certo, faz tudo apenas para o gênero e nada meramente para o indivíduo, porque, para ela, aquele é tudo, e este não é nada. No entanto, o

---

[43] "Vãos projetos que nunca se realizam." *Orlando furioso*, 34, 75. Em italiano no original. (N. T.)

[44] "Assim tinha de ser." Ovídio, *Fasti*, I, 481. (N. T.)

[45] Mundo fenomênico. Em latim no original. (N. T.)

[46] Mundo inteligível. Em latim no original. (N. T.)

que pressupomos como atuante aqui não seria a natureza, mas aquele algo metafísico que se encontra para além dela, o qual existe inteira e indivisivelmente em todo indivíduo, e é a este, portanto, que tudo isso diz respeito.

Na verdade, para ter clareza a respeito desses tópicos seria preciso responder primeiro estas questões: é possível uma total desproporção entre o caráter e o destino de um homem? Ou, a cada caráter convém, no tocante ao principal, um destino? Ou é, afinal, uma necessidade secreta, incompreensível, comparável ao poeta de um drama, que entrelaça sempre adequadamente um ao outro? — Mas justamente sobre isso falta-nos clareza.

No entanto, acreditamos ser senhores de nossas ações a cada instante. Só que, quando voltamos a olhar o caminho de vida que deixamos para trás e, mais que isso, encaramos nossos passos infelizes, junto com suas consequências, muitas vezes não compreendemos como podemos ter feito isto ou deixado de fazer aquilo, de modo que parece que um poder estranho teria conduzido nossos passos. Por isso, diz Shakespeare:

> *Fate, show thy force: ourselves we do not owe;*
> *What is decreed must be, and be this so!*
> *(Jetzt kannst du deine Macht, o Schicksal, zeigen:*
> *Was sein soll, muß geschehn, und keiner ist sein eigen!)*[47]
> *(Noite de reis*, ato 1, cena 5)

Os antigos não se cansam de ressaltar, em verso e prosa, a onipotência do destino, apontando a impotência do homem diante dele. Vemos por toda parte que esta é uma convicção de que estão imbuídos, porque pressentem nas coisas um nexo misterioso e mais profundo do que o claro nexo empírico (ver Luciano, *Diálogo dos mortos*, 19 e 30; Heródoto, 1, cap. 91, e 9, cap. 16). Daí as muitas denominações desse conceito

---

[47] "Destino, mostra tua força: a nós mesmos nada devemos/ O que está decretado há de ser, e assim seja!" (N. T.)

em grego: *pótmos*, *aîsa*, *heimarménê*, *peprôménê*, *Adrásteia* e talvez ainda outros. A palavra *pronoia*,[48] ao contrário, desloca o conceito, porque parte do *noûs*,[49] que é secundário, tornando-o certamente plano e compreensível, mas também superficial e falso.[50] Também Goethe diz no *Götz von Berlichingen* (ato 5): "Nós humanos não somos nossos próprios guias: a espíritos malignos foi deixado o poder sobre nós, para que exercitem sua malícia em nossa degradação". Também no *Egmont* (ato 5, última cena): "O homem crê conduzir sua vida, conduzir a si mesmo; e seu íntimo é irresistivelmente arrastado para seu destino". Já o havia dito o profeta Jeremias: "O agir do homem não está em seu domínio, ninguém tem poder sobre como age ou dirige seus passos" (10, 23). Tudo isso está baseado em que nossas ações são o produto necessário de dois fatores, um dos quais, nosso caráter, permanece inalterável, mas só nos é conhecido a posteriori, isto é, aos poucos; o outro, no entanto, são os motivos: estes se encontram no exterior, são acarretados necessariamente pelo curso do mundo e determinam o caráter dado, sob a pressuposição de sua constituição permanente, com necessidade equivalente a uma necessidade mecânica. Ora, o eu que julga o desenrolar do processo é o sujeito do conhecimento e, enquanto tal, alheio a ambos, e mero espectador crítico da atuação deles. Nessas condições, é certo que de quando em quando ele pode se espantar.

Mas uma vez que se compreendeu o ponto de vista do fatalismo transcendente e se considerou a vida individual

---

[48] "Previsão". Em grego no original. (N. T.)

[49] "Espírito", "razão", "intelecto". Em grego no original. (N. T.)

[50] É extraordinário ver o quanto os antigos estão impregnados e imbuídos do conceito de um destino onipotente (*heimarménê*, *fatum*); não apenas os poetas, principalmente a tragédia, dão testemunho disso, mas também os filósofos e historiadores. Na época cristã, o conceito passou ao segundo plano e se tornou menos urgente, porque foi desalojado pelo de providência (*pronoia*), que pressupõe uma origem intelectual e, por provir de um ser pessoal, não é tão inflexível e imutável, nem tão profundamente concebido e misterioso, não podendo tampouco, portanto, substituir aquele, mas lança, ao contrário, sobre ele a censura de incredulidade. (N. T.)

a partir dele, tem-se por vezes diante dos olhos o mais espantoso de todos os espetáculos no contraste entre a manifesta casualidade física de um evento e sua necessidade moral-metafísica, necessidade esta que, não sendo jamais demonstrável, é antes sempre mais possível que seja sempre meramente imaginada. A fim de ilustrá-lo com um exemplo bem familiar, que por sua estridência serve ao mesmo tempo para tipificar a matéria, consideremos o "Gang nach dem Eisenhammer" de Schiller.[51] Ali, com efeito, vemos que o atraso de Fridolin, ocasionado por ter ajudado na missa, é tão completamente casual quanto, por outro lado, altamente importante e necessário para ele. Qualquer um poderá talvez descobrir, caso reflita como convém, casos análogos no curso de sua própria vida, conquanto não sejam tão importantes nem tão claramente marcados. Muitos, porém, serão levados por eles a admitir que *um poder secreto e inexplicável* conduz todas as mudanças e guinadas no curso de nossa vida, muito frequentemente, por certo, contra nossa intenção no momento, mas de modo adequado à totalidade objetiva e à finalidade subjetiva dela e, por conseguinte, vantajoso para o nosso próprio verdadeiro bem; de tal forma que com muita frequência reconhecemos posteriormente a tolice dos desejos que havíamos nutrido na direção contrária. "*Ducunt volentem fata, nolentem trahunt*"[52] (Sêneca, *Epístolas*, 107). Ora, um tal poder, percorrendo todas as coisas com um fio invisível, ligaria também aquelas que a cadeia causal deixa sem nenhuma conexão umas com as outras, de tal modo que se encontrariam no momento requerido. Ele comandaria, portanto, tão completamente os eventos da vida real quanto o poeta os do seu drama: mas acaso e erro, cuja intervenção

---

[51] "O caminho para a forja", balada de Schiller publicada em 1798. (N. T.)

[52] "Os fados conduzem aquele que quer, arrastam aquele que não quer." Em latim no original. (N. T.)

perturba inicialmente e de imediato o curso regular, causal, das coisas, seriam os meros instrumentos de sua mão invisível.

O que mais do que tudo nos impele a essa ousada suposição de um poder inescrutável, oriundo da unidade profundamente enraizada de necessidade e casualidade, é a consideração de que a *individualidade* determinada, tão peculiar a cada homem no aspecto físico, moral e intelectual, é tudo em tudo para ele e, portanto, tem de ter surgido da mais alta necessidade metafísica, mas por outro lado (como mostrei em minha obra principal, v. 2, cap. 43) se revela como resultado necessário do caráter moral do pai, da capacidade intelectual da mãe e da corporificação de ambos; a união desses pais, porém, foi efetuada em regra por circunstâncias aparentemente casuais. Aqui, portanto, se nos impõe irresistivelmente a exigência ou o postulado físico-moral de uma unidade última de necessidade e casualidade. Considero, entretanto, impossível obter um conceito distinto dessa raiz unitária de ambos; tudo o que se pode dizer é que ela seria ao mesmo tempo o que os antigos chamavam de destino (*heimarménê, peproménê, fatum*), aquilo que entendiam pelo gênio que conduz cada indivíduo, mas não menos também o que os cristãos veneram como providência (prónoia). Estes três se distinguem, certamente, porque se concebe o *fatum* como cego, enquanto os outros dois como dotados de visão: mas essa diferença antropomorfista desaparece e perde toda significação na essência interna metafísica profunda das coisas, unicamente na qual temos de procurar a raiz daquela unidade inexplicável do casual e do necessário, que se mostra como o condutor oculto de todas as coisas humanas.

A representação do gênio que é dado a todo indivíduo e que preside o curso de sua vida é de origem etrusca, mas era amplamente difundido entre os antigos. O essencial dela está contido num verso de Menandro que nos foi preservado por Plutarco (*De tranquillitate animi*, cap. 15), mas também nas

Eclogae de Estobeu, 1, cap. 6, 4, e nos *Stromata*, livro 5, cap. 14, de Clemente de Alexandria:

> *Hápanti daímôn andrì sumparastateî*
> *Euthùs genoménôn, mustagôgòs toù bíou*
> *Agathós.*
> (*Hominem unumquemque, simul in lucem est editus, sectatur*
> *Genius, vitae qui auspicium facit, bônus nimirum.*)[53]

Ao final da *República* (livro X, p. 336), Platão descreve como cada alma, antes de cada renascimento, escolhe para si uma sina de vida com a personalidade que lhe é adequada, e diz então: *Epeidè d'oûn pásas tàs psuchàs toùs bíos hêrêsthai, ôsper élachon en táxei prosiénai pròs tèn Láchesin, ekeínên d'hecátôi, hòn heíleto daímona, toûton phúlaka xumpémpein toû bíou kaì apoplêrôtèn tôn hairethétôn.*[54] Sobre essa passagem, Porfírio nos fornece um comentário altamente digno de ser lido, que foi preservado por Estobeu nas *Eclogae ethicae*, livro II, cap. 8, § 37 (v. 3, pp. 368 ss., particularmente p. 376). Platão, porém, havia dito (p. 330) em referência a isso: *Ouch humâs daímôn léxetai, all'humeîs daímona hairêsesthe: prôtos dè ho lachòn* (a sina, que determina apenas a ordem da escolha) *prôtos haireísthô bíon, ôi sunéstai ex anánkês.*[55] Horácio o exprime de maneira muito bela:

---

[53] "A todos se associou um bom gênio/ Em seu nascimento, que o conduz pelos mistérios da vida." Em grego no original. Como noutras passagens, Schopenhauer faz acompanhar o texto grego de uma versão em latim. (N. T.)

[54] "Mas depois que todas as almas haviam escolhido seus cursos de vida, elas se perfilaram segundo a sorte diante de Láquesis, mas esta associou a cada qual o gênio por ele escolhido como protetor da vida e realizador do que foi escolhido por cada alma." Em grego no original. (N. T.)

[55] "Não é o gênio que vos resgatará, mas escolhereis o gênio. Quem por primeiro tirou a sorte (determinando a fila), deve ser o primeiro a escolher o curso de vida que observará com necessidade." Em grego no original. (N. T.)

Scit Genius, natale comes qui temperat astrum,
Naturae deus humanae mortalis, in unum
Quodque caput vultu mutabilis, albus et ater.
(*Epistulae*, 2, 2, 187)

Uma passagem digna de ser lida sobre esse *gênio* se encontra em Apuleio, *De deo Socratis* (pp. 236, 238, da edição Bipontini). Jâmblico tem um capítulo breve, mas significativo, a respeito no *De mysteriis Aegyptiorum*, seção 9, cap. 6: "De proprio daemone". Ainda mais digna de nota, porém, é a passagem de Proclos em seu comentário sobre o *Alcebíades* de Platão (p. 77 da edição Creuzer): *Ho gàr pâsan hêmôn tèn zôèn ithúnôn kaì tás te hairéseis hêmon apoplêrôn tàs prò tês genéseôs kaì tàs tês ek têis pronoías ellámpseis chorêgôn kaì parametrôn, houtos ho daímon estí k. t. l.*[56] Teofrasto Paracelso captou a mesma ideia com toda a profundidade quando diz: "Mas para que o *fatum* seja mesmo conhecido deve-se entender que todo homem tem um espírito que reside fora dele e estabelece seu posto nas estrelas mais altas. Ele usa as *Bossen*[57] do seu mestre; ele é aquele que lhe mostra antes e depois os *praesagia*, pois estes permanecem depois dele. Esses espíritos se chamam *fatum*" (Teofrasto, *Obras*, Estrasburgo, 1603, edição in-fólio, v. 2, p. 36). Merece atenção que essa mesma ideia já se encontre em Plutarco, quando diz que, além da parte da alma imersa no corpo terreno, outra parte mais pura dela permanece flutuando exteriormente, sobre a cabeça do homem, a qual, mostrando-se como uma estrela, é chamada com razão o seu demônio,[58] o seu gênio, que o conduz

---

[56] "Pois gênio é aquele que conduz toda nossa vida, que realiza as nossas decisões tomadas antes de nosso nascimento, que concede as dádivas do destino e dos deuses nascidos do destino, assim como oferece e mede a luz solar da providência etc." Em grego no original. (N. T.)

[57] "Tipos", "saliências", "ressaltos", do italiano "*bozza, abbozzare, abbozzo* (bosquejo, esboçar, esboço)", de onde vem *Bossieren* (trabalhar em relevo) e o francês "*bosse*" (protuberância, relevo, ressalto). (N. A.)

[58] Demônio no sentido do *daímôn* grego. (N. T.)

e a quem o mais sábio segue voluntariamente. A passagem, muito longa para reportar, se encontra em *De genio Socratis*, cap. 22. A frase principal é: *Tò mèn oûn hupobrúxion en tôi sômati perómenon Psuchè légetai: tò de phthorâs leirthèn hoi polloì Noûn kaloûntes entòs eînai nomízousin autôn: hoi dè orthôs huponooûntes ôs ektòs ónta Daímona prosagoreúousi.*[59] Observo de passagem que o cristianismo, que, como é sabido, se comprouve em transformar os deuses e demônios de todos os pagãos em diabos, parece ter feito desse *gênio* dos antigos o *spiritus familiriaris*[60] dos sábios e mágicos. — A representação cristã da providência é por demais conhecida para que seja preciso se deter nela. — Tudo isso são, no entanto, apenas compreensões figuradas, alegóricas daquilo que está em questão; pois em geral não nos é consentido apreender as verdades mais profundas e ocultas senão em imagem e símile.

Na verdade, aquele poder oculto e que dirige até mesmo as influências externas tem por fim sua raiz apenas em nosso próprio misterioso interior, pois que o alfa e o ômega de toda existência residem, finalmente, em nós mesmos. Contudo, mesmo a mera possibilidade disso nós só a poderemos mais uma vez enxergar, no mais afortunado dos casos, por meio de analogias e símiles.

Ora, a analogia mais próxima com o domínio daquele poder nos é oferecida pela *teleologia da natureza*, porque ela apresenta o que é conforme a fim como surgindo sem conhecimento do fim, sobretudo ali onde se assinala a conformidade a fins externa, isto é, aquela que ocorre entre seres diferentes, e mesmo de espécie diferentes, e até no inorgânico; exemplo notável dessa espécie é dado pela madeira flutuante, porque é

---

[59] "Chama-se alma o que conduz sob a superfície do corpo; mas a maioria chama espírito ao que não está sujeito a corrupção, e acreditam que está no interior deles, mas aqueles que têm a opinião correta aceitam que está fora do homem, e o chamam de *daímôn*." (N. A.)

[60] "Espírito familiar". Em latim no original. (N. T.)

levada em abundância pelo mar exatamente às terras polares desprovidas de árvores; outro exemplo é a circunstância de que a terra firme de nosso planeta é empurrada inteiramente na direção do polo Norte, cujo inverno, por razões astronômicas, é oito dias mais curto e, por isso, mais ameno do que o do polo Sul. No entanto, também a conformidade a fins interna, que se revela indubitavelmente no organismo acabado, a surpreendente concordância, mediadora de tal conformidade, da técnica da natureza com seu mero mecanismo, ou do *nexus finalis* com o *nexus effetivus*[61] (a respeito da qual remeto à minha obra principal, v. 2, cap. 26, pp. 334-9), nos permite ver, analogicamente, como coisas que partem de pontos diversos e bastante afastados e que parecem alheias conspiram, no entanto, para o fim último e coincidem acertadamente nele, não sendo conduzidas pelo conhecimento, mas por meio de uma necessidade de espécie mais alta, anterior a toda possibilidade de conhecimento. — Mais ainda, quando se tem presente a teoria do surgimento de nosso sistema planetário, apresentada por Kant e depois por Laplace, cuja verossimilhança está muito próxima da certeza, e se entra em considerações como as que fiz em minha obra principal, v. 2, cap. 25, p. 234; quando, portanto, se reflete sobre como esse mundo planetário bem-ordenado e digno de admiração precisou por fim surgir do jogo de forças naturais cegas, que obedecem a leis imutáveis, então também se tem aí uma analogia que pode servir para ver em geral e ao longe a possibilidade de que o próprio curso de vida individual seja conduzido pelos eventos, que são o jogo frequentemente tão caprichoso do cego acaso, e, no entanto, como que em conformidade tal com um plano, que ele é adequado ao melhor e último bem da pessoa.[62] Se isso é aceito,

---

[61] "Nexo final" e "nexo eficiente". Em latim no original. (N. T.)

[62] *Autómata gàr tà prágmat'epì tò sumphéron/ Rheî, kàn katheúdêis, è pálin tanantía* [Pois as coisas se desenvolvem de si mesmas,/ Mesmo quando dormes, para o bem, quanto para o contrário]. Menandro, em Estobeu, *Florilegium*, v. 1, p. 363. (N. A.)

então o dogma da *providência* não poderia por certo ser válido como verdadeiro imediatamente e *sensu proprio*,[63] porquanto é inteiramente antropomórfico; entretanto, ele bem seria a expressão mediata, alegórica e mítica de uma verdade e, por isso, como todos os mitos religiosos, plenamente suficiente para o propósito prático e para a tranquilidade subjetiva, no sentido, por exemplo, em que a teologia moral de Kant também deve ser entendida apenas como um esquema para orientação e, portanto, alegoricamente —, *numa* palavra tal dogma não seria, portanto, verdadeiro, mas tão bom como se verdadeiro. Com efeito, assim como a Vontade de viver que entra posteriormente em cena nos fenômenos mais acabados do mundo já atua e comanda interiormente naquelas forças primordiais surdas e cegas da natureza, de cujo jogo recíproco surge o sistema planetário, e ali já prepara, trabalhando para seu fim em meio a leis naturais rigorosas, os alicerces para o edifício do mundo e sua ordem, visto que, por exemplo, o abalo ou balanço mais casual determina para sempre a obliquidade da eclíptica e a velocidade da rotação e o resultado final tem de ser a exposição de todo o seu ser, justamente porque este já é ativo naquelas forças primordiais —, assim também todos os eventos que determinam as ações dos homens, junto com o vínculo causal que as produz, também são apenas a objetivação da mesma Vontade, que se exibe neste mesmo homem; por onde se deixa ver, ainda que apenas em meio à névoa, que esses eventos têm de concordar e se adequar aos fins especiais deste homem, e nesse sentido eles então constituem aquele poder secreto que conduz o destino do indivíduo e é alegorizado como seu gênio ou sua providência. Considerado de modo puramente objetivo, no entanto, ele é o nexo causal completo, que tudo abrange sem exceção — em virtude do qual tudo o que ocorre sucede com inteira e estrita necessidade —, nexo

---

[63] "Em sentido próprio". Em latim no original. (N. T.)

que entra no lugar do mero governo mítico do mundo, e tem mesmo direito de portar o seu nome.

Uma consideração de ordem geral pode servir para nos familiarizar melhor com isso. "Casual" significa o encontro, no tempo, daquilo que não está vinculado de modo causal. Mas não há nada de *absolutamente* casual; também o que há de mais contingente é algo necessário apenas por um caminho mais longo, uma vez que causas decisivas, que se encontram mais distantes na cadeia causal, já de há muito determinaram necessariamente que ele teria de suceder precisamente agora e, portanto, simultaneamente com outra coisa. Pois cada evento é o membro individual singular de uma cadeia de causas e efeitos, que progride na direção do tempo. No entanto, inúmeras dessas cadeias subsistem umas ao lado das outras graças ao espaço. Mas estas não são totalmente alheias umas às outras e sem nenhum nexo entre si; ao contrário, estão multiplamente entrelaçadas: por exemplo, muitas causas que agora atuam simultaneamente, cada uma das quais produz outro efeito, surgiram de uma causa comum localizada mais longe e, por isso, são tão aparentadas como os bisnetos que têm um mesmo antepassado; por outro lado, um efeito particular que ocorre agora precisa frequentemente do encontro de muitas causas diferentes, cada uma das quais vinda do passado como membro de sua própria cadeia. De acordo com isso, todas as cadeias causais que progridem na direção do tempo formam uma grande rede comum, multiplamente entrançada, que avança igualmente com toda a sua extensão na direção do tempo e constitui justamente o curso do mundo. Apresentemos sensivelmente agora essas cadeias causais particulares mediante meridianos situados na direção do tempo: aquilo que é simultâneo e que, justamente por isso, não está em nexo causal direto pode ser indicado mediante círculos paralelos. Ora, embora os eventos postos sob o mesmo círculo paralelo não dependam imediatamente dos outros, eles estão mediatamente em algum vínculo, mesmo que distante, em virtude do entrelaçamento de toda a rede ou da totalidade de causas e efeitos em seu desenrolar no tempo; a simultaneidade atual deles é, por isso, necessária. Isso explica o encontro casual de todas as condições de um evento necessário no sentido mais elevado — o acontecimento daquilo que o destino quis. O que explica, por exemplo, porque, quando a maré de barbárie se espalhou pela Europa em consequência da migração dos povos, as mais belas obras-primas da escultura grega, o *Laocoonte*, o *Apolo* do Vaticano, entre tantas outras, desapareceram como que num alçapão de teatro, tendo encontrado seu caminho no ventre da Terra, a fim de ali aguardarem incólumes, por um milênio, época mais branda, mais nobre, que entendesse e apreciasse as artes, até que, chegada finalmente essa época, por volta do final do século XV, sob o papado de Júlio II, elas retornaram à luz como os modelos bem preservados da arte e do verdadeiro tipo da figura humana. E isso explica igualmente por que as ocasiões e circunstâncias importantes e decisivas para o indivíduo acontecem na época certa do curso de sua vida, e também finalmente a ocorrência dos *omina*,[64] a crença nos quais é tão universal e inextinguível que não raro encontrou espaço mesmo nas mentes mais elevadas. Pois, como nada é *absolutamente* casual, mas tudo, ao contrário, ocorre necessariamente; como a simultaneidade mesma do que *não* é conexo de modo causal, a que se denominada acaso, é necessária, visto que o agora simultâneo já foi determinado *como tal* por causas no passado mais remoto, então tudo se espelha em tudo, tudo ressoa em tudo, e também à totalidade das coisas é aplicável a conhecida sentença de Hipócrates (*De alimento*, p. 20), referente ao trabalho em conjunto no organismo: *Xúrroia mía, súmpnoia mía, pánta sumpathéa*.[65] — A indestrutível

---

[64] "Presságios". Em latim no original. (N. T.)
[65] "Uma só corrente, um só sopro, tudo em simpatia." Em grego no original. (N. T.)

inclinação do homem para respeitar os *omina*, a sua *extispicia e ornihoskopía*,[66] o seu abrir a Bíblia ao acaso, a cartomancia, derramar chumbo, consultar borra de café etc. dão testemunho de sua pressuposição, contrária a fundamentos racionais, de que é de algum modo possível reconhecer o que está oculto pelo tempo ou espaço, portanto, o que é distante ou futuro, a partir do que lhe está claramente presente diante dos olhos; de modo que poderia ler um a partir do outro, caso tivesse a verdadeira chave da escrita cifrada.

Uma segunda analogia, que pode contribuir por um lado inteiramente outro para o entendimento indireto do fatalismo transcendente aqui em questão, é dada pelo *sonho*, com o qual a vida tem em geral uma semelhança há muito reconhecida e mesmo frequentemente expressa; tanto assim que mesmo o idealismo transcendental de Kant pode ser apreendido como a mais clara exposição dessa disposição onírica de nossa existência consciente, como também o exprimi na minha *Crítica* da sua filosofia. — E, por certo, é essa analogia com o sonho que nos faz ver, ainda que de novo apenas a uma distância nebulosa, como o poder secreto que governa os eventos exteriores que nos afetam e os conduz em vista do fim que pretendeu alcançar conosco poderia ter suas raízes no fundo de nossa própria essência inescrutável. Também no sonho, com efeito, as circunstâncias que nele se tornam os motivos de nossas ações se encontram de maneira puramente casual, enquanto circunstâncias exteriores e independentes de nós mesmos, sendo elas com frequência até abominadas por nós; apesar disso, há entre elas um vínculo secreto e final, porquanto um poder oculto, a que todos os acasos obedecem no sonho, também conduz e arranja essas circunstâncias, e mesmo única e exclusivamente em relação a nós. O mais estranho de tudo, no entanto, é que afinal esse

---

[66] Examinar as vísceras e observar o voo dos pássaros, como formas de presságio. A primeira palavra está em latim, a segunda em grego no original. (N. T.)

poder não pode ser outro senão nossa própria vontade, mas de um ponto de vista que não entra em nossa consciência onírica; daí provém que os eventos do sonho com muita frequência nele se virem contra nossos desejos, levando-nos ao espanto, ao aborrecimento, e até ao terror e ao medo da morte, sem que o destino, que nós mesmos conduzimos secretamente, venha nos salvar; igual como quando perguntamos ansiosamente por algo e recebemos uma resposta que nos espanta; ou também como quando nos fazem uma pergunta, como num exame, e somos incapazes de encontrar a resposta, à qual um outro dá resposta certeira, para vergonha nossa; muito embora, num caso como noutro, a resposta só possa provir sempre de nossos próprios recursos. A fim de tornar ainda mais clara essa misteriosa condução dos eventos no sonho, que parte de nós mesmos, e mais inteligível o seu procedimento, existe ainda uma explicação, a única capaz de fazê-lo, embora seja de natureza inevitavelmente obscena; pressuponho, por isso, dos leitores que merecem que eu lhes dirija a palavra, que nem fiquem chocados, nem tomem a questão pelo seu lado risível. Há, como se sabe, sonhos de que a natureza se serve para um fim material, isto é, para esvaziar as superlotadas vesículas seminais. Sonhos dessa espécie mostram, naturalmente, cenas lúbricas: outros sonhos, no entanto, também fazem por vezes o mesmo, sem que tenham aquele fim, nem o atinjam. Entra aqui a diferença de que, nos sonhos da primeira espécie, belas mulheres e a ocasião logo se nos mostram favoráveis, pelo que a natureza atinge seu fim; nos sonhos da outra espécie, ao contrário, sempre novos obstáculos se interpõem no caminho para chegar à coisa que desejamos com a maior intensidade, obstáculos estes que nos empenhamos em vão em superar, de modo que no fim não chegamos à meta. Quem cria esses obstáculos e frustra, lance após lance, nosso vivo desejo, não é senão nossa própria vontade; mas de uma região que se encontra muito além da consciência representativa no sonho e, por isso, nele surge como destino implacável. — Ora, não se passaria com o destino na realidade e com a conformidade a um plano que cada qual nota talvez no curso da própria vida algo análogo àquilo que se mostra no sonho?[67] Por vezes sucede de esboçarmos um plano e de nos empenharmos vivamente nele, em relação ao qual se verifica posteriormente que não era de modo algum conforme ao nosso bem; um plano que perseguimos aplicadamente, contra o qual, no entanto, experimentamos uma conspiração do destino, que coloca em movimento toda a sua maquinaria para frustá-lo; pelo que então finalmente nos repele de volta, contra nossa vontade, ao caminho que nos é verdadeiramente adequado. Diante de tal resistência, que parece intencional, muitos empregam as palavras: "Vejo que isso não *deve* ser"; outros o chamam de ominoso, outros ainda de o dedo de Deus: todos eles, porém, compartilham a visão de que, quando o destino se contrapõe a um plano com tão manifesta obstinação, nós deveríamos abandoná-lo, porque, não convindo a nossa destinação, para nós inconsciente, ele não deve ser realizado e, com nossa perseguição teimosa dele, somente atraímos golpes ainda mais duros nas costelas, até que finalmente nos colocamos de novo no caminho certo; ou também porque, se conseguíssemos a coisa à força, isso só nos traria desvantagem e infortúnio. Aqui o *"ducunt volente fata, nolentem trahunt"* antes citado encontra sua plena confirmação. Em muitos casos se revela posteriormente que a frustração de tal plano foi inteiramente vantajosa para nosso verdadeiro bem; por isso, tal poderia ser também o caso quando este não se dá a conhecer a nós,

---

[67] O curso de vida do indivíduo, considerado objetivamente, é de inteira e rigorosa necessidade: pois todas as suas ações surgem tão necessariamente como os movimentos de uma máquina, e todos os eventos externos prosseguem seguindo o fio de uma cadeia causal, cujos membros têm um nexo necessário rigoroso. Se retivermos isso, não nos espantará muito vermos que o nosso curso de vida se desenrolará como se tivesse sido arranjado conforme a um plano, de modo adequado a ele. (N. A.)

principalmente quando consideramos como nosso verdadeiro bem o metafísico-moral. — Ora, se voltamos o olhar daqui para o resultado principal de toda a minha filosofia, a saber, que aquilo que expõe e sustenta o fenômeno do mundo é a *Vontade*, a qual também vive e se empenha em cada indivíduo, e se nos lembramos, ao mesmo tempo, da semelhança tão geralmente reconhecida da vida com o sonho, então, sintetizando tudo o que se disse antes, podemos pensar em geral como possível que, assim como cada um é o diretor teatral secreto dos seus sonhos, assim também, de maneira análoga, todo o destino que domina o verdadeiro curso de nossa vida parte por fim de algum modo daquela *Vontade* que é a nossa própria, a qual, no entanto, atua, onde surge como destino, de uma região que se encontra muito além de nossa consciência individual representativa, ao passo que esta, ao contrário, fornece os motivos que conduzem nossa vontade individual empiricamente reconhecível, que, por isso, tem com frequência de lutar o mais violentamente com aquela Vontade que se exibe em nosso destino, com nosso gênio condutor, com nosso "espírito", o qual reside fora de nós e tem sua sede nas estrelas superiores, Vontade que deixa amplamente de lado a consciência individual e é, por isso, implacável contra ela enquanto coerção externa, organiza e estabelece aquilo cuja descoberta ela não pode deixar a cargo desta, mas tampouco não quer que se perca.

Para amenizar a estranheza, a exorbitância, dessa proposição ousada pode primeiro servir uma passagem de Scotus Erigena na qual se adverte que seu "Deus" — que, como tal, é sem conhecimento e do qual nem tempo, nem espaço, nem as dez categorias de Aristóteles podem ser predicados, e mesmo de quem só resta um predicado: a *Vontade* — manifestamente nada mais é do que aquilo que entendo por vontade de viver: "*Est etiam alia species ignorantiae in Deo, quando ea, quae praescivit et praedestinavit, ignorare dicitur, dum adhuc in rerum factarum cursibus experimento non apparuerint"* (*De divisione naturae*, p. 83, edição Oxiniensis).[68] E logo em seguida: "*Tertia species divinae ignorantiae est, per quam Deus dicitur ignorare ea, quae nondum experimento actionis et operationis in effectibus manifeste apparent, quorum tamen invisibiles rationes in se ipso a se ipso creatas et sibi cognitas possidet".*[69]

Para nos tornar de algum modo apreensível a visão aqui apresentada, recorremos à ajuda da reconhecida semelhança da vida individual com o sonho; por outro lado, é preciso chamar a atenção para a diferença de que no mero sonho a relação é simples, ou seja, apenas *um* eu realmente quer e sente, ao passo que os demais não passam de fantasmas; no grande sonho da vida, ao contrário, ocorre uma relação recíproca, visto que não apenas um figura no sonho do outro, exatamente como é necessário, mas também este figura no sonho daquele; de maneira que, por força de uma verdadeira "*harmonia praestabilita*",[70] cada qual sonha apenas aquilo que lhe é conforme, adequado à sua própria condução metafísica, e todos os sonhos de vida estão tão artisticamente entrelaçados uns nos outros, que cada qual experimenta o que lhe é profícuo e executa ao mesmo tempo aquilo de que os outros precisam; pelo que então um circunstancial grande acontecimento mundial se adéqua ao destino de muitos milhares, cada qual à sua maneira individual. Todos os acontecimentos da vida de um homem estariam, portanto, em duas espécies de nexo fundamentalmente distintas: primeiro, no nexo objetivo, causal, do curso da natureza; em segundo, num nexo subjetivo, que existe somente

---

[68] "Ainda outra forma do não saber é aquela em Deus, porque se diz que ele não sabe aquilo de que é presciente e que predetermina, enquanto ainda não se mostrou em experimento no curso das coisas de fato." Em latim no original. (N. T.)
[69] "Uma terceira espécie de divina ignorância consiste em que dizer que Deus não sabe aquilo que não se mostrou manifestamente nos efeitos pela experiência da ação e da operação, embora ele possua em si mesmo as razões invisíveis deles, criadas por ele mesmo e dele mesmo conhecidas." Em latim no original. (N. T.)
[70] "Harmonia preestabelecida". Em latim no original. (N. T.)

em relação ao indivíduo que o vivencia e é tão subjetivo como os próprios sonhos dele, nexo no qual, todavia, a sucessão dos acontecimentos e seu conteúdo são igualmente determinados necessariamente, mas da maneira como a sucessão das cenas de um drama é determinada pelo plano do poeta. Ora, que ambas as espécies de nexo subsistam ao mesmo tempo e que o mesmo evento, como membro de duas cadeias totalmente distintas, se ajuste, no entanto, exatamente a elas, em consequência do que a cada vez o destino de um se adéque ao destino do outro e cada qual seja o herói de seu próprio drama, mas ao mesmo tempo também figurante no drama alheio, isso é certamente algo que excede toda a nossa capacidade de compreensão e só pode ser pensado como possível mediante a mais espantosa "*harmonia praestabilita*". Mas não seria, por outro lado, frouxidão de ânimo considerar impossível que os cursos de vida de todos os homens devam ter *concentus*[71] e harmonia em sua concatenação, tanto quanto o compositor sabe dar às vozes que parecem bramir confusamente em sua sinfonia? Nosso acanhamento diante dessa ideia colossal também diminuirá se lembrarmos que o sujeito do grande sonho da vida é em certo sentido apenas um, a Vontade de viver, e que a pluralidade dos fenômenos é condicionada por tempo e espaço. Ele é um grande sonho sonhado por aquele *único* ser, mas de tal modo que todas as suas pessoas o sonham juntamente com ele. Por isso, todas as coisas se concatenam e adéquam umas às outras. Se o admitimos, se aceitamos aquela dupla cadeia de todos os eventos graças à qual cada ser existe, por um lado, em virtude de si mesmo, age e opera com necessidade conforme a sua natureza e segue o seu próprio caminho, mas, por outro lado, é tão inteiramente determinado e apropriado para compreender um ser alheio e influir sobre ele como as imagens no sonho deste —, então teremos de estender isso a toda a natureza, portanto, também

---

[71] "Acordo". Em latim no original. (N. T.)

aos animais e seres desprovidos de conhecimento. Daí se abre novamente uma perspectiva quanto à possibilidade dos *omina, praesagia* e *portenta*,[72] pois, de fato, o que sucede *necessariamente* no curso da natureza deve ser visto, de outro lado, como mera imagem para mim e cenário de *meu* sonho de vida, que só ocorrem em relação a *mim*, ou também como mero reflexo ou eco de *meu* agir e do que vivi; pelo que aquilo que há de natural no acontecimento e de comprovadamente necessário em suas causas não suprime absolutamente o que há de ominoso nele, nem o inverso. Por isso, estão no caminho totalmente errado os que supõem afastar o ominoso de um acontecimento mostrando a inevitabilidade de sua ocorrência, ao comprovar claramente as suas causas naturais e necessariamente eficientes, e também fisicamente, com um ar erudito, se o evento é natural. Pois nenhum homem razoável duvida delas, e ninguém pretende fazer passar o presságio por milagre; mas o ominoso provém justamente de que a cadeia de causas e efeitos, que vai ao infinito, juntamente com a necessidade rigorosa que lhe é própria e a imemorial predestinação, fixou inevitavelmente a ocorrência desse acontecimento em tal momento significativo; por isso, deve-se gritar principalmente àqueles sabichões, mormente quando se passam por físicos: "*There are more things in heaven and earth, than are dreamt of in your philosophy*".[73] Por outro lado, com a crença nos *omina* vemos também se abrirem novamente as portas para a astrologia, já que o mais ínfimo dos acontecimentos tidos como ominosos, o voo de um pássaro, encontrar certa pessoa etc., está condicionado por uma cadeia de causas tão infinitamente longa e tão rigorosamente necessária quanto a posição calculável dos astros em dado momento. Certamente, a constelação se situa tão alto que metade dos habitantes da

---

[72] "Prenúncios", "presságios" e "portentos". Em latim no original. (N. T.)

[73] Há mais coisas no céu e na terra do que sonha a sua filosofia." Shakespeare, *Hamlet*, 1, 5. Citado em inglês no original. (N. T.)

Terra a vê contemporaneamente, ao passo que o presságio só se manifesta no domínio do indivíduo em questão. De resto, ainda para apresentar sensivelmente por uma imagem a possibilidade do ominoso: aquele que vê bom ou mau presságio num passo importante no curso de sua vida, cujas consequências ainda estão encobertas no futuro, e é prevenido ou encorajado por ele, este pode ser comparado a uma corda que, quando tocada, não ouve a si mesma, mas escutaria soar junto outra corda em decorrência de sua vibração. —

A distinção que Kant faz entre a coisa em si e seu fenômeno, junto com minha redução daquela à vontade e deste à representação, nos dá a possibilidade de ver, ainda que apenas incompletamente e à distância, a compatibilidade de *três antíteses*. São elas:

1. antítese entre a liberdade da vontade em si mesma e a completa necessidade de todas as ações do indivíduo.

2. antítese entre o mecanismo e a técnica da natureza ou entre o *nexus effectivus* e o *nexus finalis*, ou entre a explicabilidade puramente causal e a explicabilidade teleológica dos produtos naturais (a esse respeito, ver a *Crítica do juízo* de Kant, § 78, e minha obra principal, v. 2, cap. 26).

3. antítese entre a manifesta casualidade de todos os acontecimentos no curso de vida individual e a necessidade moral na conformação dela, de acordo com uma conformidade a fins transcendente para o indivíduo — ou, em linguagem popular: entre o curso da natureza e a providência.

Embora não seja completa em nenhuma delas, a clareza de nossa compreensão da compatibilidade de cada uma dessas três antíteses é, no entanto, mais satisfatória na primeira do que na segunda, e menor na terceira. Contudo, mesmo incompleto, o entendimento da compatibilidade de cada uma dessas antíteses lança novamente luz sobre as duas outras por lhes servir de imagem e símile. —

Por fim, só pode ser indicado de modo muito geral a que propriamente visa toda essa misteriosa condução do curso de vida individual aqui considerada. Se permanecemos nos casos individuais, parece com frequência que ela tem em vista apenas nosso bem temporário, provisório. No entanto, devido a sua insignificância, incompletude, futilidade e efemeridade, este não pode ser a sério o seu fim último; temos, portanto, de procurá-lo somente em nossa existência eterna, que vai além de nossa vida individual. E, por isso, se pode dizer somente de modo bem geral: aquela condução regula de tal modo nosso curso de vida, que do todo do conhecimento florescido em nós graças a esta se produz em nossa *vontade*, como cerne e ser em si do homem, aquela impressão que é a metafisicamente mais apropriada à consecução de um fim. Pois, embora a vontade de viver obtenha sua resposta no curso do mundo em geral, enquanto manifestação do seu esforço, todo homem é, no entanto, aquela vontade de viver de maneira inteiramente individual e única, um ato, por assim dizer, individualizado dela; a sua resposta satisfatória, portanto, só pode ser uma configuração bem determinada do curso do mundo, dada nos vividos que lhe são próprios. Ora, como conhecemos pelos resultados de minha filosofia da seriedade (em oposição à mera filosofia de professores universitários ou filosofia de brincadeira) que afastar-se da vontade de viver é a meta última da existência temporal, então temos de admitir que cada qual é paulatinamente conduzido a ela de um modo totalmente adequado à sua individualidade e, portanto, também com frequência por longos desvios. Mas, além disso, como felicidade e fruição trabalham propriamente na direção contrária a esse fim, vemos em consonância com isso que infelicidade e sofrimento estão inevitavelmente entretecidos no curso de vida de cada um, embora em medida bastante desigual e apenas raramente de modo pleno, a saber, nos desfechos trágicos; quando então parece como se a vontade é de certo modo impelida com violência para se afastar da vida e a conseguir renascer, por assim dizer, por cesariana.

É assim que aquela condução invisível, que se anuncia somente em aparência duvidosa, nos conduz até a morte, esse verdadeiro resultado e, nessa medida, fim da vida. Na hora da morte, todos os poderes misteriosos (embora propriamente enraizados em nós mesmos) que determinam o destino eterno do homem se aglomeram e entram em ação. De seu conflito resulta o caminho que ele tem de percorrer agora, isto é, a sua palingênese se prepara, junto com todo o bem e dor que está nela contido e pelo qual é irrevogavelmente determinado. — Nisso reside o caráter altamente sério, importante, solene e temível da hora da morte. Ela é uma crise no sentido mais forte da palavra — um juízo final.

A FISIOLOGIA DO SONHO[74]

> ... *und laß dir raten, habe*
> *Die Sonne nicht zu lieb und nicht die Sterne.*
> *Komm, folge mir ins dunkle Reich hinab!*[75]
>
> Goethe

Os fantasmas que o século passado sabichão, a despeito de todos os anteriores, não só excomungou como proscreveu em todos os cantos, foram reabilitados durante estes últimos 25 anos na Alemanha, como já havia ocorrido antes com a magia. Talvez não sem razão. Pois as provas contra sua existência eram, em parte, metafísicas e, enquanto tais, se assentavam sobre fundamento inseguro; em parte, empíricas, as quais apenas demonstram que nos casos em que não se havia descoberto nenhuma ilusão casual ou propositadamente provocada, ali também não havia nada mais do que aquilo que poderia ter atuado por meio da reflexão dos raios de luz sobre a retina ou por meio da vibração do ar sobre o tímpano. O que fala somente contra a presença de corpos cujo aparecimento não foi também afirmado por ninguém, e cuja manifestação, inclusive, da maneira física como é expressa, suprimiria a verdade de uma aparição de espíritos. Pois, na verdade, já está implícito no conceito de espírito que sua presença só se nos anuncia por uma via inteiramente outra que a de um corpo. Um vidente que

---

[74] Trecho extraído do ensaio "*Über* das Geisterseh" [Ensaio sobre a vidência], dos *Parerga e Paralipomena*, v. 1, em *SW*, op. cit., v. 4, pp. 275-88. (N. T.)

[75] "... e segue o conselho,/ não te afeiçoes ao sol e nem as estrelas,/ vem comigo para o reino das trevas!" *Ifigênia*, 3, 1. (N. T.)

entendesse bem a si mesmo e soubesse se exprimir afirmaria tratar-se ali apenas da presença de uma imagem em seu intelecto intuitivo, perfeitamente distinguível daquilo que é ocasionado pelos corpos com intermediação da luz e dos seus olhos, mas sem a presença efetiva de tais corpos; e semelhantemente em relação à presença audível, ruídos, sons e tons, produzidos no seu ouvido da mesmíssima maneira que aqueles que o são por corpos vibrantes e pelo ar, mas sem a presença ou o movimento de tais corpos. Precisamente aqui reside a fonte do mal-entendido que perpassa tudo o que se disse a favor ou contra a realidade das aparições de espírito. A saber, a aparição de espíritos se apresenta inteiramente como uma aparição de corpos: ela, no entanto, não é, nem tampouco pode ser tal. A diferenciação é difícil e requer perícia, e mesmo saber filosófico e fisiológico. Pois importa compreender que a ação semelhante à de um corpo não pressupõe necessariamente a presença de um corpo.

Por isso, precisamos revocar aqui e ter presente no que segue o que já apresentei muitas vezes pormenorizadamente (em especial na segunda edição de meu tratado *Sobre o princípio de razão suficiente*, § 21, e, além disso, em *Sobre a visão e as cores*, § 1 — "*Theoria colorum*" 2, *O mundo como vontade e representação*, v. I, pp. 12-4; v. II, cap. 2), a saber: que nossa intuição do mundo externo não é apenas *sensual*, mas primordialmente *intelectual*, ou seja, (exprimindo-o objetivamente), *cerebral*. Os sentidos jamais proporcionam mais do que mera *sensação* no seu órgão, portanto, uma matéria em si altamente precária, a partir da qual o *entendimento* primeiramente constrói esse mundo de corpos mediante a aplicação da lei da causalidade, de que é consciente a priori, e das formas do tempo e espaço também a ele igualmente inerentes a priori. O estímulo para esse ato de intuição parte certamente, no estado de vigília normal, da sensação dos sentidos, uma vez que esta é o efeito para o qual o entendimento põe a causa. Mas por que um estímulo vindo de um lado inteiramente outro, isto é, do interior, do próprio organismo, não poderia chegar ao cérebro e ser por ele elaborado, tal como ocorre com o primeiro, mediante sua função específica e pelo mecanismo desta? Mas *depois* dessa elaboração a diferença da matéria original já não poderia ser reconhecida; do mesmo modo que, no *chylus*,[76] já não se reconhece o alimento de que foi preparado. Num eventual caso real dessa espécie, surgiria então a pergunta de saber se também a causa mais remota da aparição provocada por ela poderia ser buscada somente no interior do organismo ou se, excluindo-se a sensação dos sentidos, poderia haver, no entanto, uma outra causa, *exterior*, que, por certo, em tal caso, não teria atuado física ou corporalmente; e, em sendo assim, que relação a aparição dada teria para com a constituição de tal causa remota externa, isto é, se ela contém *indicia*[77] a respeito desta, ou até se exprimiria a essência desta em si. Por conseguinte, seríamos conduzidos também aqui, como no mundo corpóreo, à pergunta pela relação do fenômeno com a coisa em si. Este, no entanto, é o ponto de vista transcendental, a partir do qual talvez pudesse resultar que à aparição dos espíritos se prende não mais nem menos idealidade do que à aparição dos corpos; esta, como é sabido, está inevitavelmente submetida ao idealismo e, por isso, só pode ser reconduzida à coisa em si, isto é, ao verdadeiramente real, por um longo desvio. Ora, como foi por nós reconhecido que a *Vontade* é essa coisa em si, isso dá ocasião de suspeitar que uma tal Vontade está talvez no fundamento também dessas aparições de espíritos, assim como dos fenômenos corpóreos. Todas as explicações das aparições de espíritos até hoje foram *espiritualistas*; justamente como tais elas sofrem a crítica de Kant na primeira parte do seus *Sonhos de um visionário*. Ensaiarei aqui uma explicação *idealista*. —

---

[76] "Quilo". (N. T.)
[77] "Indícios". Em latim no original. (N. T.)

Depois dessa introdução sinóptica e antecipadora às investigações que agora seguem, adoto o andamento mais lento que lhes convém. Observo apenas que pressuponho como conhecido do leitor o estado de coisas a que se referem. Pois por uma parte meu ofício não é descritivo, portanto tampouco a apresentação dos fatos, mas a teoria deles; por outra parte, eu teria de escrever um livro volumoso, se quisesse repetir todas as histórias de doenças magnéticas, todas as visões oníricas, aparições de espíritos etc. que estão como matéria no fundamento de nosso tema e já foram narradas em muitos livros; finalmente, tampouco tenho vocação para combater o ceticismo da ignorância, cuja gesticulação sabichona vai ficando a cada dia com menos crédito e logo terá circulação apenas na Inglaterra. Aquele que hoje em dia coloca em dúvida os fatos do magnetismo animal e de sua clarividência, não deve ser chamado de incrédulo, mas de ignorante. Tenho, no entanto, de pressupor mais, tenho de pressupor familiaridade com ao menos alguns dos livros, existentes em grande número, sobre as aparições dos espíritos ou conhecimento ulterior deles. Mesmo as citações remissivas a esses livros serão por mim indicadas apenas quando se referirem a testemunhos especiais ou pontos discutíveis. No mais, pressuponho em meu leitor, a quem imagino que já me conheça de alhures, a confiança de que, ao aceitar algo como factualmente estabelecido, ele me é conhecido por boas fontes ou por experiência própria.

Ora, o que se pergunta antes de mais nada é se podem surgir em nosso intelecto intuitivo ou cérebro imagens intuitivas, completa e indiscernivelmente iguais àquelas que ali são ocasionadas pela presença dos corpos atuando sobre os sentidos externos, mas sem essa influência. Felizmente, um fenômeno que nos é bastante familiar nos faz tirar toda e qualquer dúvida a respeito, a saber, o *sonho*.

Querer fazer os sonhos passar por mero jogo de ideias, meras imagens da fantasia, é dar testemunho de falta de reflexão ou de honestidade: pois é manifesto que são especificamente diferentes destas. Imagens da fantasia são fracas, pálidas, inacabadas, unilaterais, e tão fugazes, que mal somos capazes de reter presente por alguns segundos a imagem de alguém ausente, e mesmo o jogo mais vivo da fantasia não resiste a nenhuma comparação com aquela realidade palpável que o sonho nos exibe. Nossa capacidade de apresentar as coisas *no sonho* supera imensamente a de nossa imaginação; todo objeto intuitivo tem no sonho uma verdade, um acabamento, uma integralidade consequente, que chega até as qualidades mais contingentes, como a própria realidade, da qual a fantasia permanece a céus de distância; por isso, aquela capacidade de apresentação nos proporcionaria as visões mais maravilhosas, caso pudéssemos escolher o objeto de nossos sonhos. É totalmente falso querer explicar isso dizendo que as imagens da fantasia seriam prejudicadas e enfraquecidas pela impressão simultânea do mundo externo real: pois mesmo no mais profundo silêncio da noite mais escura a fantasia não é capaz de produzir nada que possa se aproximar um pouco daquela intuitividade e corporeidade intuitiva do sonho. Além disso, as imagens da fantasia são sempre provocadas pela associação de ideias ou por motivos, e acompanhadas da consciência de sua arbitrariedade. O sonho, ao contrário, se apresenta como algo totalmente estranho, que se impõe, como o mundo externo, sem nossa intervenção, e mesmo contra nossa vontade. O inesperado completo de seus acontecimentos, mesmo dos mais insignificantes, imprime neles a marca da objetividade e da realidade. Todos os seus objetos aparecem determinada e distintamente como a realidade, não apenas em relação a nós, isto é, de maneira superficial e unilateral, ou sugeridos somente no principal e em contornos gerais, mas executados com precisão de pormenores os mais ínfimos e contingentes, e em incidentes que se colocam frequentemente como obstáculos em nosso caminho; nele, cada corpo projeta sua sombra, cada um cai precisamente com a gravidade correspondente a seu peso específico, e todo obstáculo tem de ser primeiro colocado de lado, exatamente como na realidade. Além disso, a sua completa objetividade se mostra em que seus acontecimentos na maioria das vezes sobrevêm contra nossa expectativa, frequentemente contra o nosso desejo, provocando mesmo por vezes o nosso espanto; e também nisto, que as pessoas ali atuantes se comportam com revoltante falta de consideração para conosco, mas em geral numa exatidão dramática puramente objetiva dos caracteres e ações, que ocasionou a certeira observação de que cada um é um Shakespeare enquanto sonha. Pois a mesma onisciência em nós que faz todo corpo natural atuar no sonho exatamente segundo suas propriedades essenciais, também faz todo homem agir e falar em total conformidade com seu caráter. Em consequência de tudo isso, a ilusão provocada pelo sonho é tão forte que a realidade mesma que está diante de nós ao despertarmos tem com frequência primeiro de lutar e precisa de tempo antes de poder chegar à palavra, a fim de nos convencer da impostura de um sonho que já não está mais ocorrendo, mas apenas ocorreu. Também com respeito à recordação, em ocorrências significantes ficamos por vezes em dúvida se foram sonhadas ou realmente aconteceram; se, ao contrário, alguém duvida se algo aconteceu ou apenas o *imaginou*, ele lançará sobre si mesmo a suspeita de delírio. Tudo isso prova que o sonho é uma função inteiramente própria de nosso cérebro e totalmente diferente da mera imaginação e de sua ruminação. — Também Aristóteles diz: *Tò enúpnión estin aísthema trópon tiná (Somnium quodammodo sensum est.) (De somno et vigília,* cap. 2).[78] Ele também faz a fina e correta observação de que mesmo no sonho ainda

---

[78] "A imagem de sonho é, em certo sentido, uma percepção." A citação se encontra em 456a 26. (N. T.)

representamos coisas ausentes pela fantasia. Mas daí se pode concluir que durante o sonho a fantasia ainda está disponível, portanto, que ela mesma não é o meio ou o órgão do sonho.

Por outro lado, o sonho tem mais uma vez inegável semelhança com a loucura. Quer dizer, o que principalmente diferencia a consciência onírica da consciência acordada é a falta de memória ou, antes, de uma recordação retrospectiva conexa, refletida. Sonhamo-nos em situações e circunstâncias espantosas, impossíveis, sem que nos ocorra investigar as relações dela com o que está ausente e as causas de seu suceder; executamos ações disparatadas, porque não estamos lembrados daquilo que se lhes opõe. Pessoas há muito falecidas ainda figuram como vivas em nossos sonhos, porque no sonho não refletimos que estão mortas. Com frequência nos vemos de novo nos círculos de nossa tenra juventude, cercados das pessoas de então, tudo como antes, porque todas as mudanças e transformações sucedidas desde então estão esquecidas. Parece, pois, efetivamente que no sonho, em meio à atividade de todas as forças do espírito, só a memória não está suficientemente disponível. Justamente nisso reside sua semelhança com a loucura, que, como mostrei (*O mundo como vontade e representação*, v. 1, § 36, e v. 2, cap. 32), se deve no essencial a uma certa derrocada da capacidade de recordar. Por isso, o sonho pode ser designado, desse ponto de vista, como uma loucura breve, e a loucura como um sonho longo. No todo, portanto, a intuição da *realidade presente* é bastante completa e mesmo minuciosa no sonho; nosso campo visual, ao contrário, é ali bastante limitado, uma vez que *o que está ausente* e o *passado*, e mesmo o que é fingido, vêm apenas pouco à consciência.

Assim como toda modificação só pode ocorrer no mundo real pura e simplesmente em consequência de uma modificação anterior, como sua causa, assim também a ocorrência de todos os pensamentos e representações em nossa consciência está submetida ao princípio de razão em geral; por isso, estes precisam sempre ser suscitados ou por uma impressão externa sobre os sentidos, ou então, segundo as leis da associação (ver a respeito o cap. 14 no segundo volume de minha obra principal), por um pensamento que os precede; sem este, elas não poderia ocorrer. Ora, no que diz respeito à sua ocorrência, também os sonhos estão de alguma maneira submetidos ao princípio de razão, como o princípio, que não admite exceção, da dependência e condicionalidade de todos os objetos de algum modo existentes para nós; de que maneira lhes estão sujeitos é, no entanto, difícil de determinar. Pois o característico do sonho é ter sua condição essencial no sono, isto é, na suspensão da atividade normal do cérebro e dos sentidos; o sonho só ocorre quando essa atividade folga, exatamente como as imagens da lanterna mágica só podem aparecer quando se apagou a luz do quarto. Por isso, a ocorrência e, portanto, também a matéria do sonho, não podem ser primeiramente provocadas pelas impressões externas sobre os sentidos; casos isolados, em que sons externos e também barulhos ainda penetram no sensório durante a soneca leve e exercem influência sobre o sonho, são exceções especiais, das quais aqui abstraio. Entretanto, é bastante digno de nota que os sonhos tampouco sejam provocados por associação de ideias. Pois, ou nascem em meio ao sono profundo, esse verdadeiro repouso do cérebro, que, quando é total, temos toda a razão de admitir ser inteiramente inconsciente, pelo que se exclui aqui inclusive a possibilidade da associação de ideias; ou então surgem da passagem da consciência desperta ao sono, isto é, ao adormecer: aqui, na verdade, jamais deixam de estar de todo presentes e justamente por isso nos dão a oportunidade de obter plena convicção de que não estão ligados às representações despertas por nenhuma associação de ideias, mas deixam intocado o fio desta, a fim de tomar sua matéria e seu ensejo num lugar inteiramente outro — sem que não saibamos onde. Quer dizer, pode-se facilmente notar que essas primeiras imagens oníricas daquele que adormece são sempre sem nexo algum com as ideias em meio às quais adormeceu; são tão heterogêneas em relação a estas, que parece como se tivessem propositalmente escolhido entre todas as coisas do mundo precisamente aquilo em que menos teríamos pensado; daí se impor àquele que reflete a respeito a pergunta: como é que a escolha e composição delas podem ser determinadas? Além disso, o que as diferencia (como observou fina e corretamente Burdach no terceiro volume de sua *Fisiologia*)[79] é que não exibem nenhum evento coerente e também, na maioria das vezes, nós não aparecemos ali como agentes, como em outros sonhos; ao contrário, elas são um puro espetáculo objetivo, consistindo em imagens isoladas, que emergem subitamente quando se adormece, ou também ocorrências muito simples. Como com frequência logo despertamos de novo, podemos nos convencer plenamente de que não têm nunca a menor semelhança, a mais remota analogia ou outra relação com as ideias tidas ainda instantes antes; pelo contrário, elas nos surpreendem pelo total inesperado de seu conteúdo, que é totalmente estranho ao andamento anterior de nossas ideias, assim como algum objeto da realidade que surge subitamente da maneira mais casual à nossa percepção no estado desperto, objeto frequentemente trazido de tão longe, escolhido de modo tão espantoso e cego, como se tivesse sido determinado por loteria ou por dados. — O fio, portanto, que o princípio de razão nos põe nas mãos parece ter sido cortado nos dois extremos, o interno e o externo. Isso, contudo, não é possível, nem concebível. É preciso haver necessariamente alguma causa que provoque aquelas figuras de sonho e as determine completamente, de modo que a partir dela se deixe explicar exatamente por que, por exemplo, a mim

---

[79] Karl Friedrich Burdach (1776-1847), *Die Physiologie als Erfahrungswissenschaft* [*A fisiologia como ciência experimental*], 1826-40. (N. T.)

que até o momento do adormecer estava ocupado com ideias inteiramente outras, se exibe agora subitamente uma árvore em flor, levemente agitada pelo vento, e não outra coisa, mas numa outra vez uma jovem com um cesto sobre a cabeça, e noutra ainda uma fileira de soldados etc.

Ora, uma vez, portanto, que no surgimento dos sonhos, quer em meio ao adormecer, quer num sono já iniciado, tanto o estímulo de fora pelos sentidos quanto o de dentro pelas ideias está apartado do cérebro, como sede única e órgão de todas as representações, não nos resta admitir outra coisa senão que ele receba algum estímulo puramente fisiológico para isso do interior do organismo. Dois caminhos estão abertos para a influência deste sobre o cérebro: o dos nervos e o dos vasos. Durante o sono, isto é, a suspensão de todas as funções *animais*, a força vital se lança inteiramente na vida orgânica e, com alguma diminuição da respiração, do pulso, do calor, e também de quase toda secreção, ela está principalmente ocupada com a lenta reprodução, com o restabelecimento de tudo o que foi consumido, com o tratamento de todas as feridas e afastamento de todas as desordens surgidas; por isso, o sono é o tempo durante o qual a *vix naturae medicatrix*[80] produz as crises salutíferas em todas as doenças, nas quais ela combate a vitória decisiva sobre o mal existente, depois da qual, por isso, o enfermo desperta aliviado e alegre com o sentimento de que está perto da convalescença. Mas também atua da mesma maneira no indivíduo sadio, apenas em grau incomparavelmente menor, em todos os pontos em que é necessário; é por isso também que ele tem ao despertar o sentimento de restabelecimento e renovação: é principalmente no sonho que o cérebro recebe sua nutrição, inviável na vigília, do que a restabelecida clareza da consciência é a consequência. Todas essas operações estão sob a direção e controle do sistema nervoso plástico, portanto,

[80] "Força curativa (medicinal) da natureza." Em latim no original. (N. T.)

de todos os grandes gânglios ou nós nervosos, que, ligados em toda a extensão do tronco pelos feixes de nervos condutores, constituem o grande *nervo simpático* ou o centro nervoso *interno*. Este está totalmente apartado e isolado do centro nervoso *externo*, exclusivamente ao qual compete a administração das circunstâncias *externas*, e que, por isso, tem um aparato de nervos direcionado para o exterior e obtém as representações ensejadas por ele, de modo que, no estado normal, suas operações não chegam à consciência, não são sentidas. Entretanto, ele[81] tem uma conexão mediata e fraca com o sistema cerebral graças a nervos finos ligados por anastomose: por via destes, aquele isolamento é quebrado até certo grau em situações anormais ou em ferimentos da parte interna, pelo que estes acedem mais abafada ou mais nitidamente à consciência. No estado normal ou saudável, ao contrário, dos eventos e movimentos ocorridos na oficina tão complicada e ativa da vida orgânica, do seu andamento mais fácil ou difícil, só chega por essa via ao sensório um eco extremamente fraco, perdido: este não é absolutamente percebido na vigília, quando o cérebro está inteiramente ocupado com suas próprias operações, ou seja, com a recepção das impressões externas, com a intuição que ensejam e com o pensamento; ele exerce no máximo uma influência secreta e inconsciente, da qual surgem aquelas modificações do humor das quais não se pode prestar nenhuma conta por razões objetivas. Ao adormecer, no entanto, quando as impressões externas cessam de atuar e também a agitação dos pensamentos no interior do sensório aos poucos se extingue, aquelas fracas impressões que afloram pela via mediata desde o centro nervoso interno da vida orgânica, assim como cada mínima modificação da circulação sanguínea, passam a ser sensíveis — como a vela começa a brilhar quando chega o crepúsculo, ou durante à noite ouvimos correr a fonte que o barulho do dia tornava

[81] O sistema nervoso plástico. (N. T.)

inaudível. Impressões que eram demasiadamente fracas para poder atuar sobre o cérebro desperto, isto é, ativo, são capazes de produzir, quando a atividade própria dele cessa totalmente, um leve estímulo de suas partes individuais e de suas forças representativas — como a harpa não repercute som estranho enquanto está sendo tocada, mas sim quando está encostada em silêncio. Aqui tem de estar, portanto, a causa do surgimento e, por intermédio dela, também a determinação completa mais próxima daquelas figuras oníricas que surgem quando se adormece, não menos que dos sonhos que se elevam do repouso mental absoluto do sonho profundo, sonhos dotados de coerência dramatúrgica; só que para estes últimos, como ocorrem quando o cérebro já está em profundo repouso e totalmente entregue à sua nutrição, é requerido uma estimulação significativamente mais forte do interior; também justamente por isso somente esses sonhos têm significação profética ou fatídica em casos isolados mais raros, e Horácio diz com muito acerto:

Post mediam noctem, cum somnia vera.[82]

Pois os últimos sonhos matinais se portam, nesse aspecto, como aqueles ao adormecer, uma vez que o cérebro descansado e satisfeito volta a ser facilmente estimulado.

Aqueles fracos ecos vindos da oficina da vida orgânica são, portanto, os que penetram na atividade sensorial do cérebro, que está mergulhando na apatia ou já entregue a ela, e a estimulam fracamente, por um caminho, ademais, inusual e por um lado diferente do que na vigília: mas já que o acesso para todos os outros estímulos está fechado, é deles que ela[83] tem de tirar a ocasião e a matéria para suas figuras oníricas, por mais heterogêneas que possam ser em relação a tais impressões.

---

[82] "Ele [Quirino] me apareceu depois da meia-noite, quando os sonhos são verdadeiros." Horácio, *Sermones*, 1, 10. Em latim no original. (N. T.)
[83] A atividade do cérebro. (N. T.)

Pois, assim como por vibração mecânica ou por convulsão interna do nervo o olho pode receber sensações de clareza e luminosidade que são totalmente iguais àquelas provocadas pela luz externa; assim como por vezes o ouvido ouve sons de toda espécie em consequência de eventos anormais em seu interior; assim como, igualmente, o nervo do olfato sente determinados cheiros bem específicos sem nenhuma causa externa; assim como também os nervos do paladar são afetados de maneira análoga; assim como, portanto, todos os nervos dos sentidos podem ser estimulados tanto do interior quanto do exterior para suas sensações peculiares, da mesma maneira também o cérebro pode ser determinado, por estímulos vindos do interior do organismo, a desempenhar sua função de intuir figuras que preenchem o espaço; os fenômenos assim surgidos não se diferenciarão de modo algum daqueles ocasionados pelas sensações nos órgãos dos sentidos, provocados por causas externas. Ou seja, assim como, de tudo o que podem comer, o estômago prepara *chymus*[84] e os intestinos, o *chylus*,[85] que não se aparenta à matéria do que é feito, assim também o cérebro reage a todos estímulos que lhe chegam executando a função que *lhe* é própria. Esta consiste primeiramente em esboçar imagens no espaço, que é sua forma de intuição, segundo todas as três dimensões; em seguida, em movê-las no tempo e pelo fio condutor da causalidade, que são igualmente funções de sua própria atividade. Pois o tempo todo ele falará apenas sua própria língua: nesta, portanto, ele interpreta também aquelas fracas impressões que lhe chegam do interior durante o sono, exatamente como aquelas fortes e determinadas que lhe vêm do exterior pelo caminho regular durante a vigília: também aquelas, portanto, lhe proporcionam matéria para *imagens* que se assemelham perfeitamente àquelas surgidas por estímulo

[84] "Quimo". (N. T.)
[85] "Quilo". (N. T.)

dos sentidos externos, ainda que entre ambas as espécies de impressões ocasionadoras quase não haja semelhança. Mas seu comportamento aqui se deixa comparar com o de um surdo, que de algumas vocais que chegam a seu ouvido monta toda uma frase, ainda que falsa; ou até com o de um maluco, que sempre conecta uma palavra empregada por acaso a suas fantasias desordenadas, que estão de acordo com sua ideia fixa. Como quer que seja, são aqueles fracos ecos de certas ocorrências no interior do organismo que, perdendo-se em sua ascensão até o cérebro, fornecem a ocasião para seus sonhos: estes também são, por isso, mais especialmente determinados pelo tipo daquelas impressões, pois delas recebem ao menos o mote; de fato, por mais distintas que delas sejam, eles correspondem de alguma maneira analogamente ou ao menos simbolicamente a elas, e o mais exatamente àquelas que são capazes de estimular o cérebro durante o sono *profundo*; porque estas, como dito, já têm de ser significativamente mais fortes. Ora, como além disso as ocorrências internas da vida orgânica atuam sobre o sensório determinado para a apreensão do mundo interior igualmente segundo o tipo de algo que *lhe* é estranho e exterior, as intuições que lhe surgem em tal ocasião serão figuras de todo *inesperadas*, além de totalmente heterogêneas e estranhas ao curso de pensamentos que tivera até há pouco, tal como tivemos oportunidade de observar ao adormecermos e ao de novo despertarmos brevemente dele.

Toda essa discussão por ora nos ensina a conhecer somente a causa mais próxima da ocorrência do sonho, ou a ocasião para ele, que também tem de ter, com efeito, influência sobre seu conteúdo, mas tem em si mesma de lhe ser tão heterogênea que o tipo de seu parentesco nos permanece um mistério. Ainda mais enigmático é saber em que consiste o procedimento fisiológico de sonhar no próprio cérebro. O sono, com efeito, é o repouso do cérebro, mas o sonho certa atividade dele; de acordo com isso, para que não surja nenhuma contradição, temos de explicar aquele repouso como sendo apenas uma atividade relativa, e o sonho como alguma atividade limitada e apenas parcial. Ora, em que sentido ela o seja, se conforme as partes do cérebro ou o grau de seu estímulo ou o tipo de seu movimento interno, e de que modo ela se diferencia do estado de vigília, novamente não o sabemos. — Não há força do espírito que não tenha jamais se demonstrado ativa no sonho; no entanto, o seu transcurso, como também nosso comportamento nele, mostra com muita frequência extraordinária falta de juízo, e também, como já discutido acima, de memória.

DRAMATURGIA ONÍRICA, FISIOLOGIA

TRECHOS DOS *MANUSCRITOS PÓSTUMOS*

Recentemente Goethe me contou que fazia que as peças que então escrevia na corte da duquesa Amália[86] fossem representadas pelas pessoas da corte sem que ninguém conhecesse senão o seu próprio papel e que a peça em seu conjunto fosse desconhecida de todos e, por isso, era nova na encenação até para os atores. —

Nossa vida é algo diferente dessa comédia? O filósofo é alguém disposto a se fazer de figurante para poder observar tanto melhor o conjunto. (*HN*, v. 1, 120 (1813-4), pp. 76-7)

***

Assim como em nossos sonhos pessoas falecidas entram em cena como se estivessem vivas sem que sequer se pense na morte delas, depois de nosso sonho atual de vida findar

---

[86] Em Weimar. (N. T.)

pela morte começará um novo que nada saberá daquela vida e daquela morte.

> *We are such stuff*
> *as dreams are made off,*
> *And our little life is rounded with a sleep.* [87]
> (Shakespeare) (*HN*, v. 1, 122 (1813-4), p. 77)

***

Que significa a controvérsia sobre a *realidade de nossas representações*? Como se chegou a colocá-las em dúvida, já que se está seguro delas e, sem os erros surgidos da razão, nada mais se podia exigir do que justamente representações da primeira classe, e estas estavam manifestamente dadas? — Foram os *fantasmas*[88] que tornaram toda a questão possível; com ela se entendia propriamente isto: há uma diferença mais segura entre representações da primeira classe (objetos reais) e fantasmas? — Mas que se tenha podido discutir por séculos sem reduzir a questão a essa expressão clara e simples, e se continuasse a perguntar incansavelmente: há porventura algo fora de nós que corresponde a nossas representações? — este é um sinal da menoridade do espírito da filosofia até agora.

Kant solucionou a questão assim: o nexo segundo a lei da causalidade diferencia a vida do sonho. — Como, na verdade, em todo sonho tudo o que há de particular também está conectado segundo o princípio de razão, e esse nexo só está interrompido entre a vida e o sonho, mas também, além disso, entre os sonhos

---

[87] "Somos daquela matéria/ de que são feitos os sonhos,/ e o sono circunda a nossa pequena vida." Shakespeare, *A tempestade*, Ato 4, cena 1. Em inglês no original. Schopenhauer cita com uma pequena imprecisão: We are such stuff,/ as dream are made *on*. (N. T.)

[88] Talvez ajude a compreender o texto lembrar que o termo grego *phantasma* (plural *phantasmata*) tem desde os antigos o significado de representação. Ainda em Christian Wolff, o termo é empregado para designar as representações produzidas pela imaginação ou *phantasia*. (N. T.)

isolados entre si, a resposta de Kant é mais claramente a seguinte: pela lei do princípio de razão, o *sonho longo* (a vida) está por toda parte em nexo consigo, mas não com os sonhos *curtos*: entre estes e aquele a ponte está rompida, e ambos podem ser diferenciados nisso. —

A questão sobre a realidade das representações (ou conhecimentos) só foi afastada e colocada de lado com minha dissertação sobre o princípio de razão.[89] A questão da diferença entre vida e sonho é ali respondida de tal modo que em todas as representações da primeira classe (objetos reais) entra como parte integrante uma representação que chamo de objeto imediato (o corpo), o que não ocorre nos fantasmas, os quais, portanto, são diferenciados dos objetos reais quando o objeto imediato entra de novo na consciência (o que tem de ocorrer segundo as leis da experiência).[90] Que, além disso, o critério de Kant esteja correto, quando posto na expressão justa, mas raramente ou jamais possa ser aplicado integralmente: é por isso também que não nos servimos dele no mundo.

Aquilo, pois, que dá propriamente realidade ao mundo é o corpo, essa representação particular da primeira classe. — Mas do corpo se disse nestes manuscritos que não é senão a Vontade tornada visível, a marca da Vontade no mundo dos objetos reais. O que confirma aquela minha explicação. Nossa Vontade é aquilo de que tudo depende; onde está a sua marca, ali estão realidade, seriedade e cuidado: o querer é a fonte de todo mal; o querer é o único caminho para a cura.[91] É simples e fácil de lidar com todos os fantasmas tão logo sabemos que são fantasmas, e nos entregamos de bom grado a eles justamente porque nossa

---

[89] A. Schopenhauer, *Sobre a quadrúplice raiz do princípio de razão suficiente* (1813). Há tradução para o português de Oswaldo Giacoia Jr. e Gabriel Valadão Silva (Campinas: Editora da Unicamp, 2020). (N. T.)

[90] "Talvez se possa dizer: o sonho está para o indivíduo, assim como o mundo todo está para o puro sujeito do conhecimento." (N. A.)

[91] Em alemão: *Heil*. A palavra também poderia ser vertida por "saúde", "bem-estar" ou até, em sentido religioso, "salvação". (N. T.)

vontade não está em jogo e nos comportamos dignamente como espectadores, o que também nos faz bem no mundo dos objetos reais, e os torna tão amáveis para nós.

Aquele mundo no qual aparece uma efígie permanente da Vontade é, portanto, o mundo real. Descobrimos que essa efígie está ao mesmo tempo em relação com outros objetos deste mundo, na medida em que nos aparecem, e, por conseguinte, a relação para com essa efígie também é o critério por meio do qual o entendimento comum decide sobre realidade ou sonho. (*HN*, v. 1, 218 (1814), pp. 125-6)

***

A *vida* de todos os seres humanos nada mais é do que sonhos no sono de morte de que fala Hamlet no monólogo.

Mas se o fim da vida de cada um é apenas a passagem de um sonho selvagem a outro, ou um despertar, eis o *mégas ágôn*[92] de Platão, a significação e importância da vida, a única face séria de nosso agir. (*HN*, v. 1, 449 (1815), pp. 297-8)

***

A *vida real* e os *sonhos* são ambos folhas e páginas de um único e mesmo livro.[93] A suposta diferença de ambos reside somente em que, ao folhearmos e lermos aquelas páginas ordenadamente e em sequência, isso se chama *vida real*; mas são *sonhos* quando abrimos ociosamente uma página, folheando, sem ordem, ora aqui, ora ali, depois que a respectiva hora de leitura (o dia) acabou e chegou a hora do repouso. Então, ora encontramos uma folha que já realmente tínhamos lido

---

[92] A grande contenda. *República*, X, 608b 4. Em grego no original. (N. T.)

[93] N[ota] B[ene]. Isso me ocorreu quando despertei, num lugar pouco conhecido para mim, de um cochilo cheio de sonhos depois do almoço, e duvidei seriamente se esse despertar ainda fazia parte daqueles sonhos ou do sonho da realidade. (N. A.)

naquela leitura ordenada e sequencial, ora outra que ainda não conhecemos dali. Mas sempre do mesmo livro.

O livro todo tem com aquelas páginas lidas isoladamente esta semelhança e parentesco, que, assim como as folhas lidas isoladamente estão fora de nexo com o que veio antes e com o que vem depois, nexo que nos parece dar tão grande vantagem para a leitura ordenada e em sequência, assim também o livro todo é, exatamente como uma folha lida isoladamente, sem nexo com um que veio antes ou virá depois, ele começa, como todos os livros, de improviso, e acaba como bem entende; ele difere, portanto, apenas quantitativamente das folhas lidas isoladamente, é uma tal folha maior; por isso, Calderón escreveu "A vida é um sonho". — e Shakespeare: *"We are such stuff as dreams are made off, and our little Life is rounded with a Sleep"* (*Tempest*, Act IV, Sc. 1)[94] e Sófocles:

> *horô gàr hêmas oudèn óntas állo plèn*
> *eídol', hóisper zômen, è kouphên skián. (Ajax, 125)*[95]

e Píndaro:

> *Skiás ónar ánthropoi. (P, é. 135)*[96] *(HN, v. 1, 505 (1815-6),*
> *p. 340)*

***

Os sonhos do cérebro e as poluções noturnas da genitália devem ser comparados à emanação de matéria elétrica sem

[94] Ver acima, nota 2. Citado em inglês no original. (N. T.)

[95] "Pois vejo que nada mais somos do que/ fantasmas, todos nós que vivemos nada mais que uma sombra vã." Em grego no original. (N. T.)

[96] "O homem sonho de uma sombra." *Odes Píticas*, VIII, 95. Em grego no original. A citação tem um pequeno lapso: *ánthropoi* (homens) aparece no plural. (N. T.)

choque do polo *positivo* e *negativo* do condutor, ou também aos relâmpagos das nuvens. (*HN*, v. 1, 509 (1815-6), p. 341)

***

Quando *sonhamos*, achamo-nos presos numa cadeia de acontecimentos que se conectam um no outro segundo a lei causal, de acordo com o que cada um dá indicação segura sobre o que o antecede, exatamente como na realidade. Exatamente como na realidade estaríamos autorizados por conseguinte a inferir de volta de causa em causa até um primeiro começo da série desses acontecimentos oníricos.

No entanto, é certo que tal começo jamais poderia ser encontrado, pois o sonho nos colocou imediatamente *in medias res*.[97] Ora, Kant comprovou que é exatamente o mesmo que se dá com o sonho da realidade, ao mostrar que *o regresso segundo a lei causal* só vale para fenômenos, não para a coisa em si, que ele pertence somente aos fenômenos e, por isso, jamais pode encontrar um fim, nem levar à coisa em si. (*HN*, v. 3, 47 (1821), pp. 92-3)

***

Tão certo quanto não há diferença específica e absoluta, mas apenas formal e relativa, entre vida e sonho, é que não há também própria e seriamente nenhuma diferença essencial entre poluição e coito. Ambos fornecem uma imagem onírica evanescente e uma ejeção de sêmen; isto é, em ambos a *Vontade* tem a satisfação de que é capaz, e a *representação* tem tudo a que é receptiva, ou seja, uma imagem, um fenômeno.

Depois de ambos, sentimos que tentamos apanhar uma sombra desprovida de ser. (*HN*, v. 3, 11 (1822), pp. 145-6)

***

[97] "No meio das coisas". Em latim no original. (N. T.)

A *Simbólica do sonho*[98] consiste em ser a mediação entre o sono magnético e o despertar. Uma parte da onisciência do sono magnético se transfere para ele: e uma parte dele permanece na lembrança da vigília. Todo sono inteiramente profundo é verossimilmente aparentado ao sono magnético. Mas poderia ser que aquilo que passa do sono magnético para o sonho não seja absorvido absolutamente sem modificação, despido e no todo, mas apenas como um análogo, como uma *alegoria*. Desde sempre houve o esforço de interpretá-la: aqui e ali se teve êxito; por exemplo, Plutarco (*Apophthegmata*) narra: alguém sonhou com um ovo que pendia envolvido numa prega do seu lençol: interpretou-se que se referia a um tesouro que jazia sobre o lugar em que se encontrava a cama. E se descobriu que era correto. Mas como também muitos sonhos tiram manifestamente seu conteúdo de reminiscências da consciência desperta, Homero já indicava que esses sonhos que nada significam veem pela porta de marfim (eles provêm do sistema cerebral), enquanto os sonhos fatídicos pela porta de chifre (o sistema ganglionar).[99] Com muito acerto colocaram aqueles no início e no fim do sono, mas estes no sono profundo: *Post mediam noctem cum somnia vera*.[100] Horácio. (*HN*, v. 3, 102 (1826), p. 236)

***

Entre *loucura* e *sonho* há uma semelhança muito grande, inconfundível. A loucura é um sonho longo; o sonho, uma loucura breve.

---

[98] No original, *Symbolik des Traums*: título da obra, publicada em 1814, do filósofo e cientista Gotthilf Heinrich von Schubert (1780-1860). Schopenhauer tinha em sua biblioteca a segunda edição, de 1821 (cf. *HN*, 5, p. 313). (N. T.)

[99] O anatomista pode interpretar a porta de chifre como sendo a substância cinzenta do cérebro, e a de marfim, como sua substância branca. (N. A.) [A divisão dos sonhos de Homero se encontra na *Odisseia*, 19, 562-567. (N. T.)]

[100] Ver acima, "Fisiologia do sono", nota 9. (N. T.)

E o que diferencia a consciência onírica da consciência desperta? Apenas a falta de memória ou, antes, de uma reminiscência concatenada, ininterrupta — portanto, de clareza de consciência: sonhamos que estamos em situações e circunstâncias que são impossíveis, ou executamos ações totalmente disparatadas. Tudo porque esquecemos os obstáculos: não nos ocorre investigarmos todas as relações de todas essas situações espantosas para com nosso curso de vida atual: parentes queridos, mortos há já muitos anos, continuam ainda a figurar desde então como vivos em nossos sonhos frequentes, porque no sonho não podemos reter que estão mortos: vemo-nos com frequência de novo em circunstâncias de vinte anos atrás, em tenra juventude, cercado das pessoas de então, tudo como dantes: porque tudo o que se passou desde então, as transformações, está completamente esquecido. Parece, portanto, como se realmente no sonho apenas a memória não está disponível na atividade de todas as forças do espírito, e que provém justamente daí a semelhança com a loucura, que parece ser, como mostrei, uma doença da memória.[101]

E, ao mesmo tempo, no sonho somos grandes gênios, quer dizer, gênios poéticos, principalmente dramáticos, fazemos as personagens falar, como Shakespeare, de modo característico e inventamos catástrofes maravilhosas. Isso vai em paralelo com o fato de que no sono sonâmbulo, portanto, no sono incomparavelmente mais profundo, falamos num estilo sublime que nos é de resto estranho, mostramos conhecimentos profundos que não possuímos acordados, transformando-nos mesmo em videntes e profetas, assim como lá em meros poetas. Uma vez, pois, que o sonho é aparentado à loucura, ele o é também com o gênio e fornece, por isso, uma nova prova da afinidade desses dois entre si. (*HN*, v. 3, 140 (1826-30), pp. 261-2)

---

[101] Mas a causa da falta de memória concatenada poderia ser esta, que o lugar do sonho não é o cérebro, mas o sistema ganglionar. (N. A.)

**

Quando nos *sonhos* pesados, pavorosos, a inquietação atinge seu grau máximo, ela mesma nos leva a acordar, com o que todos aqueles horrores da noite desaparecem. O mesmo ocorre no sonho da vida, quando o grau máximo de inquietação nos obriga a interrompê-lo. (*HN*, v. 3, 208 (1827), p. 338)

**

Para entender de que espécie é o *poder secreto* cujos vestígios quase todo mundo reconhece em seu próprio curso de vida, que dirige todas as mudanças dele, embora com frequência contra nosso desejo, mas de modo que se encaixe na totalidade e completude objetiva de nosso curso de vida e, portanto, para o nosso verdadeiro próprio bem, depois do que compreendemos a grande tolice de nosso desejo; poder este que, perpassando todas as coisas com um fio invisível, mesmo aquelas sem nenhuma ligação com as outras pelo curso da cadeia causal, as liga necessariamente e as faz se encontrar num dado momento — e governa os acontecimentos da vida real como o poeta os acontecimentos de seu drama —, acaso e erro, por mais que dominem o mundo, são subordinados a esse poder como seus meros instrumentos — [para entender isso] teríamos primeiro de ter alcançado aquela altura do conhecimento na qual aquilo que os antigos denominavam *heimarménê*, destino, *fatum*, *peproménê*, e aquilo que denominavam gênio, mas os cristãos *providência*, prónoia, se apresentariam antes de mais nada como uma só e mesma coisa.[102] Eles se diferenciam nisto, que o *fatum* é cego, enquanto os outros veem: essa diferença antropomórfica não ocorre na verdadeira essência metafísica das coisas e não

---

[102] Pois também: *Scit genius natale comes qui temperat astrum*. (N. A.) Horácio, *Epístolas*, II, 2. Cf. acima nota [confirmar] Em latim no original. Schopenhauer remete na nota ao editor F. G. Doering da *Opera omnia* de Horácio do qual possuía a edição em sua biblioteca (*HN*, 5, p. 387). (N. T.)]

tem significação alguma ali. Ao contrário, como a origem de tudo no mundo está em nós mesmos, aquele *poder secreto* é, por fim, nosso próprio poder: porque em nós está contido o alfa e o ômega de toda existência.

Que eu seja o secreto diretor teatral de meus sonhos, é uma prova segura *de que minha vontade se encontra além de minha consciência* (isto é, de meu conhecimento). Por isso, aquela afirmação é um fato altamente digno de nota, para o qual Lichtenberg parece ter sido o primeiro a chamar atenção.[103] Bem compreendido, atribuir um propósito ao mero e puro acaso é, com efeito, um pensamento que não tem igual em ousadia. No entanto, cada um o terá adotado vivamente ao menos uma vez em sua vida, e o encontramos em todos os povos e em todos os dogmas da fé; sobretudo, certamente, entre os muçulmanos. E, dependendo de como o concebamos e entendamos, ele pode ser o pensamento mais absurdo ou mais profundamente pensado de todos. Contra todas as instâncias a seu favor, que por vezes nos surpreendem tão vivamente, pode-se dizer: seria o maior milagre se um acaso jamais resultasse proveitoso para nossos assuntos.

Não nos é concedido compreender as verdades mais profundas, mais ocultas, a não ser em imagem, símile, símbolo.

Uma analogia que pode conduzir a um entendimento limitado da questão é dada pelo sonho, onde dirigimos secretamente os acontecimentos que aparentemente ocorrem contra nossa vontade, e sugerimos àqueles a quem avidamente perguntamos as respostas que nos deixam assombrados.

Também no sonho os acontecimentos se encontram de modo puramente casual; e, no entanto, há uma ligação secreta entre eles, um poder secreto que os dirige única e exclusivamente

---

[103] Ver Lichtenberg: *Miscelânea de escritos*, v. (N. A.) Schopenhauer não indica a página da *Miscelânea*, mas a referência se encontra no texto *Proposta de um Orbis Pictus para escritores, romancistas e atores alemães*, trecho traduzido na Introdução, pp. 23-24.

em nosso favor, e ao qual todos os acasos do sonho obedecem em segredo: e o que é o mais estranho, esse poder é nossa própria vontade, mas de tal modo sem nossa consciência, que as ocorrências do sonho nos colocam com frequência no maior espanto, em terror e medo de morte, sem que o destino, que nós mesmos dirigimos secretamente, venha nos salvar. Por meio da analogia com o sonho podemos penetrar ainda mais profundamente naquele direcionamento misterioso de nosso curso de vida, por exemplo, assim: se o sonho tem um fim material, o que é o caso quando a natureza tenciona esvaziar as sobrecarregadas vesículas seminais, quando temos ereção durante o sono, o sonho mostra imediatamente cenas lúbricas: se se vai até a poluição, belas mulheres e também a ocasião se mostram favoráveis; mas se ela não tem esse fim e, portanto, não se deve chegar até ali, sempre novos obstáculos para chegar à coisa que mais intensamente desejamos se colocam no caminho, obstáculos contra os quais lutamos em vão e não chegamos à meta. Quem cria esses obstáculos e frustra, golpe após golpe, nosso vivo desejo, não é senão nossa própria vontade, mas de uma região que se encontra muito além da consciência representativa no sonho e, por isso, nele surge como destino implacável. — Não deveria se passar algo semelhante com o destino na vida real, onde quase todo mundo pode notar certa conformidade a um plano no curso da própria vida? — Por vezes na vida concebemos um plano e nos empenhamos vivamente nele, do qual no entanto posteriormente se mostra que não era na realidade adequado a nosso verdadeiro bem, um plano que perseguimos aplicadamente, e contra o qual experimentamos uma conspiração do destino, que coloca em movimento todas as suas máquinas para frustá-lo, repelindo-nos de volta, contra nossa vontade, ao caminho que nos é verdadeiramente adequado. Em muitos casos, reconhecemos posteriormente que nosso verdadeiro bem foi promovido por isso, muito melhor do que por meio de nosso próprio plano: mas isso também pode ocorrer muitas vezes em que jamais o reconhecemos, sobretudo onde o verdadeiro bem é de tipo metafísico. Se em toda nossa concepção encontramos a Vontade como aquilo que apresenta e mantém o mundo, Vontade que também vive em nós, então somos levados a conceber que também aquele destino que governa nosso curso de vida é por fim também apenas a Vontade, que também é nossa própria vontade, mas que, naquela qualidade de destino, atuaria de uma região que se encontra muito além de nossa consciência representativa, empírica, da qual são tirados os motivos que dirigem nossa vontade empírica, a qual, por isso, tem de lutar da maneira mais intensa com aquela outra nossa vontade que se apresenta como destino (nosso gênio condutor), esta que deixa amplamente de lado a consciência representativa e é, por isso, implacável com ela, já que esta não está aberta a seu ensinamento. A natureza onírica da vida se revela aqui por um lado novo: e ela mesma se mostra diferente do mero sonho principalmente nisto, que enquanto no mero sonho a relação é unilateral, a saber, apenas *um único eu* realmente quer e sente, mas no sonho da vida nos figuramos reciprocamente um no sonho do outro e por uma *harmonia praestabilita*[104] cada qual sonha o que lhe é adequado segundo um direcionamento metafísico, e o mesmo acontecimento convém individualmente a milhares de diferentes maneiras. E por que isso deveria nos espantar: pois o sujeito do grande sonho da vida também é um único: a Vontade de viver.

Talvez seja possível que alguém capte aproximadamente naquele seu gênio condutor o plano ou o método de seu direcionamento: *to catch the time of it*,[105] encontre o tema para o qual todo o curso de vida as variações. Talvez provenha daí a alegre confiança de alguns, a melancolia de outros, como, por

---

[104] Em latim no original. (N. T.)
[105] "Pegar algo no tempo certo." Em inglês no original. (N. T.)

exemplo, a de Carlos I da Inglaterra, em cujo olhar já vemos o trágico fim em todos os retratos. Captar assim o plano do direcionamento poderia substituir a prece dos supersticiosos e, em geral, a confiança em Deus.

Que tudo o que acontece, acontece necessariamente, pode ser compreendido a priori, mas a compreensão de que essa necessidade é cega, portanto, o fatalismo ou, antes, a crença num direcionamento tão planificado quanto necessário em nosso curso de vida, a que todos os homens chegam mais cedo ou mais tarde, isso não provém da reflexão necessária para tanto feita por poucos, mas da experiência gradual do próprio andamento de vida.

A teleologia da natureza fornece uma outra analogia: ela age (ou, antes, a vontade nela) como que com conhecimento do fim e, no entanto, sem ele: mas o alcança. (*HN*, v. 3, 280 (1828), pp. 391-4)

***

Tanto como todas as coisas no mundo, o presente de uma representação em nossa cabeça tem de ter sempre a sua causa. Tal representação surgiu, ou pela impressão de fora, ou suscitada por uma representação anterior na cabeça, de acordo com as leis do *nexus idearum*[106] (cujo vínculo contínuo é propriamente a Vontade, que é motivada por uma representação a suscitar outra). E tão impossível quanto uma impressão de fora existir sem causa externa, é que alguma ideia ou imagem surja em nós sem serem provocadas por outra ideia ou imagem.[107]

---

[106] "Nexo" ou "associação de ideias". Em latim no original. (N. T.)

[107] Mencionar contra isso o que Platner diz, *Antropologia*, v. 1, pp. 535-6. (N. A.) [Ernst Platner (1744-1818), *Nova antropologia para médicos e filósofos, com especial referimento à fisiologia, patologia, filosofia moral e estética* (reedição ampliada da primeira edição, de 1770). Schopenhauer possuía o primeiro volume em sua biblioteca (*HN*, 5, 125). (N. T.)]

As *imagens do sonho* aparecem como exceção a isso. Elas surgem, ou no meio do sono, sem impressão de fora e sem ideia anterior, ou logo ao adormecer, quando sua total independência do *nexus idearum*[108] é altamente digna de nota, por mostrar com isso que não têm a menor ligação ou a mais remota analogia com aquilo que foi pensado logo antes em vigília; ao contrário, elas são tão patentemente heterogêneas em relação a isso, que para aquele que presta atenção se impõe, para seu espanto, o problema de saber do que depende afinal e é determinada a escolha ou a índole de uma tal imagem onírica, pois somos forçados pelo poder do princípio de razão a não poder absolutamente pensar que a imagem onírica e sua determinação mais próxima não tenham causa alguma. Uma vez que a ponta dos nervos no cérebro e, portanto, os órgãos do sentido estão em repouso, e, justamente porque não provêm do *nexus idearum*,[109] porque se impõem a nós justamente tão ex abrupto[110] como as intuições estimuladas nos sentidos pela impressão externa, as imagens oníricas têm de surgir de um estímulo no interior do organismo, talvez da outra extremidade do sistema nervoso, isto é, da ponta interna dele, cujo centro não é o cérebro, mas o feixe de gânglios. — [...] (*HN*, v. 3, 78, pp. 500-2)

***

[...] Quando se volta o olhar para o próprio curso de vida percorrido e se vê quanta felicidade perdida, quanta infelicidade ocasionada, "o curso errático, labiríntico, da vida", as censuras contra si mesmo podem ir facilmente muito longe. Pois o curso de nossa vida de modo algum é tão simplesmente nossa própria obra, mas produto de dois fatores, a saber, da série

---

[108] Em latim no original. (N. T.)
[109] Em latim no original. (N. T.)
[110] "Abruptamente". Em latim no original. (N. T.)

de acontecimentos e da série de nossas decisões,[111] e ainda de maneira tal que nosso horizonte em ambas é bastante limitado e não podemos predizer muito antes nossas decisões, e menos ainda prever os acontecimentos, mas somente conhecer, de ambos, os acontecimentos e decisões atuais; por isso, quando nossa meta ainda está longe, não podemos sequer rumar para ela diretamente, mas apenas aproximativamente e por conjecturas, isto é, temos de decidir conforme as circunstâncias a cada momento, na esperança de que o acerto nos faça se aproximar da meta principal: assim, as circunstâncias presentes e nossos propósitos fundamentais devem ser comparados a duas forças que vão em direções diferentes, e a diagonal que daí surge é nosso curso de vida.

O que deixamos o mais frequentemente, e mesmo quase necessariamente, de lado e fora de cálculo em nossos planos de vida, são as transformações que o tempo produz em nós mesmos: decorre daí que frequentemente trabalhamos para coisas que, quando enfim as obtemos, elas já não nos são mais adequadas; ou também levamos anos com trabalhos preparatórios para uma obra que nos rouba ao mesmo tempo imperceptivelmente as forças para a obra mesma. (*HN*, v. 3, 90 (1828), pp. 515-6)

***

Assim como toda alteração no mundo externo real tem sua causa, pela qual é determinada, assim também toda ideia que surge em nós, se não é ocasionada por uma impressão externa dos sentidos, tem sua razão suficiente num pensamento anterior,

---

[111] E aqui se encontra de passagem a observação referente a uma doutrina de espécie muito superior, a saber, da *heimarménê*, de acordo com a qual o segundo fator é nossa obra consciente e o primeiro, nossa obra inconsciente. Que assim suceda no sonho, todos sabem; que na vida mesma não seja diferente, sempre apenas poucos o poderão compreender. O sonho é o monograma da vida. (N. A.)

que o ocasiona segundo alguma analogia.[112] Sem dúvida, ela não pode ser absoluta e simplesmente explicada por um tal pensamento anterior; pois a base de tais ideias é a vontade do sujeito pensante, que determina o sensório a seguir nesta ou naquela direção da analogia (*associatio idearum*).[113] Como aqui, portanto, as leis do nexo de ideias[114] subsistem apenas sobre a base da Vontade, o nexo causal no mundo real também subsiste apenas propriamente sobre a base da Vontade que se exterioriza em seu fenômeno: por isso, a explicação a partir de causas jamais é absoluta e exaustiva, mas remete a forças naturais como sua condição, a essência das quais é justamente a Vontade como coisa em si. Isso de passagem. Disso faz parte meramente que, *ao adormecer, as primeiras imagens de sonho não são manifestamente determinadas pelas ideias anteriormente existentes na consciência*, e, no entanto, é preciso que algo outro, enquanto razão suficiente delas, as determine necessariamente como sendo precisamente estas e não outras; essa razão deve ser procurada em outra parte: a esse respeito, o que segue a página 174.[115] Antes observo somente ainda que, como todo acesso às impressões de fora está fechado pelo sono, as visões oníricas que surgem parecem indicar muito propriamente a falta de qualquer causa, que é o caráter presuntivo de uma influência sobrenatural: os sonhos, por isso, parecem mais aptos para a mântica do que qualquer outra coisa, e por toda parte e em todos os tempos os homens chegaram à oniromancia, e o fracasso dela sempre foi imputado apenas à dificuldade de interpretação, mas a crença em sua possibilidade é inextinguível.

Ao *adormecer*, a ponta exterior dos nervos, o sensório, cai em inatividade: a força vital metafísica, que não carece de nenhum

---

[112] Ver Obra, 2. Capítulo. (N. A.) [A remissão é ao segundo capítulo de *O mundo como vontade e representação*. (N. T.)]

[113] Em latim no original. (N. T.)

[114] No alemão: *Ideennexus*. (N. T.)

[115] A indicação remete à própria continuação do texto manuscrito. (N. T.)

repouso e executa suas operações mais difíceis, principalmente as crises curativas, durante o sono, se concentra, portanto, totalmente na ponta interna dos nervos, no sistema ganglionar, ou ao menos em partes que recebem seus nervos deste, e não do cérebro, mas restringe, ao que aparece, em regra seus efeitos que partem dali à digestão e à lenta reprodução e restauração, já que pulso, respiração e calor diminuem, e a maioria das secreções, mas não todas, se reduzem bastante: o centro nervoso externo ou sensório se fecha a todas as impressões de fora e também suspende suas operações internas, consideradas como continuação delas, como o pensar, por exemplo. Ele só tem um nexo mediato e fraco com o centro nervoso interno, graças a nervos finos ligados por anastomose. Por esse caminho, dos movimentos ou eventos na ponta interna dos nervos só um eco fraco e perdido penetra no sensório, que não é ouvido na vigília, quando suas próprias operações e o recebimento de expressões externas estão em plena marcha, mas têm no máximo uma influência secreta e inconsciente de onde surgem aquelas mudanças do humor, das quais não se pode prestar nenhuma conta por razões objetivas. Ao adormecer, ao contrário, quando as impressões externas vêm de cessar e a atividade interna do sensório aos poucos emudece, aquelas impressões fracas e mediatas provindas do centro nervoso interno se fazem sentir, como a vela começa a brilhar quando o sol desaparece, e, no momento precedente ao sonho profundo, essas mesmas impressões entram no lugar das impressões externas, porque colocam em movimento a atividade interna do sensório ainda não de todo mergulhada em repouso profundo: por isso, *sempre adormecemos em meio a sonhos*, ainda que estes possam ser apenas momentâneos quando o cansaço é muito grande. A atividade sensorial, reagindo à apatia, interpreta então aqueles fracos ecos vindos do interior da maneira pela qual está acostumada a interpretar as impressões determinadas de fora, e forma, por isso, imagens a partir delas, imagens semelhantes às estimuladas pelos sentidos externos: e o faz, embora quase não possa haver semelhança alguma entre aqueles ecos fracos vindos do interior, e que se perdem, e as impressões externas: mas então ela se comporta mais ou menos como alguém que, depois do baile, acredita ainda estar ouvindo a música ou, melhor ainda, como um surdo que compõe para si uma fala totalmente falsa do falante a partir de poucos sons vocais ouvidos,[116] ou, mais precisamente ainda, como um louco que vincula qualquer palavra casual que chegue a ele a fantasias análogas de sua ideia fixa; por isso também o sonho é uma loucura breve. Todavia, aquelas impressões fracas surgidas da ponta interna dos nervos permanecem sempre o ensejo para os sonhos, e estes, portanto, também são decididos e modificados pelo tipo daquelas impressões, recebendo, portanto, por assim dizer, a deixa delas.[117] Por isso, as imagens oníricas surgidas ao adormecer não têm absolutamente nenhuma semelhança com as ideias da vigília que a precederam de muito pouco, como deveriam tê-la se fossem mero eco, uma última vibração contínua destas; ao contrário, elas surpreendem pelo seu total inesperado e parecem muito pouco motivadas pela marcha interna das ideias, como um objeto qualquer que, na vigília, surgisse subitamente à nossa apercepção no mundo externo pelo mais incomum dos acasos; pois, assim como este é suscitado por uma impressão de fora sobre os sentidos, assim também aquelas imagens oníricas são suscitadas por uma impressão estranha e exterior ao sensório, para o qual o centro nervoso interno é algo estranho e exterior. Por isso, figuras de todo estranhas e inteiramente inesperadas surgem imediatamente ao adormecer.

---

[116] Mas em geral algo do *Spicilegia*, 307, *infra*. (N. A.) [*Spicilegia* é um dos cadernos de notas de Schopenhauer. (N. T.)]

[117] No original, *Stichwort*. A palavra significa um lema, a entrada de um verbete de enciclopédia ou dicionário, uma palavra-chave ou também um slogan. No teatro é usada para a deixa que um ator dá a outro. (N. T.)

Burdach (*Fisiologia*, v. 3)[118] observa fina e corretamente que essas imagens oníricas do adormecimento se caracterizam por não exibirem nenhum evento concatenado e *por não entrarmos em cena nelas*, como em todos os outros sonhos: elas são um espetáculo meramente objetivo. [...]

Poderia muito bem ser que todo sonhar não seja função do cérebro,[119] mas do centro nervoso interno; uma consciência dele, no entanto, não chegaria na maioria das vezes ao cérebro, enquanto este ainda não estivesse mergulhado em repouso total, quando então se comportaria ainda como um observador, sendo por isso *possível* ele se lembrar dos sonhos: essa possibilidade, no entanto, estaria eliminada se o cérebro se aquietasse totalmente e a força vital se concentrasse inteiramente no sensório ganglionar, a saber, se este usurpasse até mesmo o governo sobre os nervos produtores do movimento externo; por isso, aqueles que dormem profundamente e, sobretudo, os que falam dormindo, tanto por magnetismo, como naturalmente, e os sonâmbulos não têm nenhuma lembrança das representações de seu sono quando acordados. Ora, se aceitarmos isso e considerarmos os sonhos pura e simplesmente como atividade sensorial do plexo solar, que teria como condição a exclusão mais ou menos completa e a inatividade do cérebro, então também se poderia pensar no caso anormal em que alguma vez durante a vigília, isto é, com o cérebro ativo, o plexo solar entrasse em atividade sensorial, cujo produto, misturando-se ao produto da atividade cerebral, se apresentaria como *fantasma* ou *espectro*, o qual, no entanto, desapareceria na maioria das vezes, quando o indivíduo, para observá-lo com mais exatidão, dirigisse mais nitidamente sua atenção a ele, isto é, aumentasse sua atividade cerebral. [...]

Essa explicação se mantém, quer admitamos que os sonhos

[118] Ver acima, "Fisiologia do sono", nota 6. [confirmar] (N. T.)
[119] Impossível! Vemos os movimentos do sonâmbulo se adaptar rápida e exatamente ao ambiente: e os nervos motores partem do cérebro. (N. A.) [Anotação de Schopenhauer à margem do texto. (N. T.)]

são função sensorial do plexo solar, quer admitamos que são meramente estimulados por tal função e ocorrendo no cérebro. Admitindo que todos os sonhos ou os sonhos proféticos são ocorrências do sensório ganglionar, que a aparição de espíritos é justamente uma tal ocorrência durante a vigília do cérebro, então os fantasmas são *such stuff as dreams are made of*,[120] e não há nenhuma diferença essencial se um espírito se apresenta a nós na vigília ou em sonho. [...] Que o cérebro sonhe, significa propriamente que ele é ativo durante sua inatividade. — Que ocorrências do dia anterior se tornem temas do sonho, não prova que ocorram no cérebro: aquilo que durante o dia o cérebro representa, o sensório ganglionar poderia repetir, ruminar, como um segundo estômago: assim como o cérebro pode se tornar partícipe das representações do sensório ganglionar, o sensório ganglionar também pode, inversamente, se tornar partícipe das representações do cérebro. (*HN*, v. 3, 104 (1928) pp. 524-9)

***

A preocupação de que tudo acabaria com a *morte* se me afigura como quando alguém no sonho fosse da opinião de que haveria meros sonhos sem um sonhador.

A vida é um sonho, e a morte, o despertar. Mas a pessoa, o indivíduo, pertence ao sonho, não à consciência desperta do sonhador: ao contrário, dessa consciência não resta nada no sonho, nada entra nele. Por isso a morte se apresenta à consciência do sonho como destruição. (*HN*, v. 3, 168 (1829), p. 569)

***

Há um ponto de vista a partir do qual até mesmo é verdadeiro que todos os homens e acontecimentos atuantes sobre nós

---

[120] Ver acima p. 82, nota 87. Em inglês no original (N. T.)

devem ser vistos como *figuras de sonho*, que existem apenas em função de nós mesmos, são nossa obra, tanto quanto nossos sonhos noturnos. Pois, ainda que acaso e erro dirijam os acontecimentos, estes mesmos são, no entanto, instrumentos de uma necessidade de espécie mais alta,[121] cujos meios superam em extensão tudo o que nosso pensamento é capaz de abarcar: embora essa necessidade seja novamente, num outro sentido, nosso próprio agir.[122]

Do ponto de vista elevado também é aceitável ver nos pequenos incidentes e coisas exteriores inteiramente casuais sinais e *omina* de nosso destino; como também ocorreu em todos os tempos e lugares. (*HN*, v. 3, 183 (1829), p. 578)

***

Uma consideração bem transcendente e meramente hipotética, cuja obscuridade está implícita na coisa mesma e cuja verdade não se deixa demonstrar. Com isso se passa o mesmo que com tudo que é ao mesmo tempo coisa em si e fenômeno, Vontade e representação, livre e necessário.

Esta é a verdadeira *harmonia praestabilita*,[123] que no curso de vida de cada um tudo esteja predestinado (por ele mesmo fora do tempo) e tão ordenado, como é o mais benéfico individualmente para sua cura e salvação,[124] e que então, entretanto, cada um figure no sonho de vida do outro, exatamente como é ali necessário,

---

[121] O próprio acaso é uma necessidade mais alta. (N. A.)

[122] *Spicilegia*, 237. (N. A.)

[123] Em latim no original. (N. T.)

[124] Leibniz mesmo já empregou a *harmonia praestabilita* nesse sentido; ver Leibniz, *principia philosophiae* § 91, 92. Cf. Brucker. [Schopenhauer tinha um volume dos *Principia philosophiae* [*sive Monadologia*] de Leibniz em sua biblioteca na edição de Michael Gottlieb Hansch (Frankfurt; Leipzig: Monath, 1728) (*HN*, 5, p. 103). Johann Jacok Brucker (1696-1770), importante historiador da filosofia do século XVIII, autor da *Historia philosophica doctrinae de ideis qua tum veterum imprimis Graecorum, tum recentiorum philosophorum placita ennarrantur* e da *Historia critica philosophiae a mundi incunabilis ad mostram usque aetatem deducta*, obras que Schopenhauer possuía em sua biblioteca (*HN*, 5, p. 21). (N. T.)]

e todo sonho de vida seja tão artístico (mutuamente submerso no mar do tempo e do espaço), que cada um encontre o que lhe é proveitoso e execute o que é necessário aos outros. — Seria frouxidão de ânimo duvidar que os cursos de vida de todos os homens não devam ter tanto *concentus*[125] e harmonia em sua concatenação, quanto o compositor sabe dar às vozes que parecem bramir confusamente em sua sinfonia?

A *harmonia praestabilita* consiste em que o destino de um se adéqua exatamente ao destino do outro, como o Lingam ao Yoni, e mesmo ao destino de todo aquele com que entre em contato e, por conseguinte, cada um é o herói de seu próprio drama e figurante no drama alheio. O que é análogo, por exemplo, a quando um mesmo e único ar atmosférico satisfaça aos mais diversos fins, tornando possível a respiração e a vida, o fogo, ao sugar e bombear, as fontes, o parar e passar das nuvens, os insetos e pássaros, os ventos e o crepúsculo. Exatamente assim o curso de vida de um corresponde ao de todo outro.

(Dessa maneira, o indivíduo mais importante figura com frequência no sonho de vida do mais insignificante.)

(Alguns tem mais existência verdadeira na representação de alguém que está acima dele, que o compreende, do que em sua própria consciência.) —

Essa dupla face da existência de todos os seres, em virtude da qual, por um lado, eles existem por si mesmos, age segundo sua natureza e segue seu próprio caminho, e, por outro lado, é totalmente determinada para a apreensão de um ser alheio, como as imagens em seu sonho, também se estende aos animais e às coisas inanimadas; desse ponto de vista se pode, por isso, prever de algum modo a possibilidade dos *omina* e *portenta*,[126] uma vez que o que sucede necessariamente segundo o curso da natureza ocorre e existe, por outro lado, apenas como mera

---

[125] "Acordo". Em latim no original. (N. T.)
[126] Em latim no original. (N. T.)

imagem e cenário de meu sonho de vida, mas apenas em referência a mim, e pode ser considerado o mero reflexo do curso de minha vida. Também se pode conhecer mais de perto o ominoso segundo esta imagem: quando divisamos um *omen*[127] bom ou ruim num passo importante do curso de nossas vidas, cujas consequências não conhecemos, devemos nos imaginar como uma corda que, quando tocada, não ouve a si mesma, mas pode ser ouvida por outra corda que soa junto com a vibração dela. E uma coisa não suprime a outra, justamente por causa daquela *harmonia praestabilita*;[128] por isso, o que é natural e produzido necessariamente por causas num acontecimento não suprime aquilo que ele tem de ominoso; e, inversamente, seu significado ominoso não o converte em fantasma vazio.

Todos os acontecimentos na vida de um indivíduo estão em dois tipos fundamentalmente diferentes de nexo: primeiro, no nexo objetivo, causal, do curso natural; segundo, num nexo subjetivo, que só existe em referência ao indivíduo que os vivencia, e são tão subjetivos como os próprios sonhos dele, nos quais, no entanto, sua sucessão e conteúdo são determinados de modo igualmente necessário, exatamente como o poeta dramático determina arbitrariamente a sucessão das cenas: neste caso, porém, o poeta dramático é a própria vontade de cada um, de um ponto de vista que não entra na sua consciência. Ora, que esses dois tipos de nexo subsistam ao mesmo tempo e o mesmo acontecimento individual sempre se ajuste exatamente ao mesmo tempo em ambos, como membro de duas séries inteiramente distintas, é um milagre dos milagres, e a verdadeira *harmonia praestabilita*.[129] Um análogo disso é a coincidência exata da *causa efficiens* com a *causa finalis*[130] que por vezes ocorre e sempre pode ser pressuposta na natureza orgânica, embora elas

---

[127] "Presságio". Em latim no original. (N. T.)
[128] Em latim no original. (N. T.)
[129] Em latim no original. (N. T.)
[130] "Causa eficiente" e "causa final" estão em latim no original. (N. T.)

tenham pontos de partida e caminhos bem distintos. (*HN*, v. 3 (1829), pp. 580-1)

***

Se dois indivíduos têm ao mesmo tempo exatamente o mesmo *sonho*, isso muito nos admira, e conjecturamos que o *sonho* se refira a alguma realidade. — O mundo objetivo nada mais é que um sonho que todos temos constante, simultânea e homogeneamente, e somente por isso todos nós lhe atribuímos ou, antes, conferimos uma realidade, porque não nos detemos em distinguir entre o designado e o signo (que, no entanto, para a prática vêm a dar no mesmo), como na *álgebra* fazemos o signo valer e operamos com ele. Essa universalidade do sonho é o que Leibniz quis explicar por meio de uma *harmonia praestabilita*, outros por meio de um *influxus physicus*;[131] e céticos, ao lado de idealistas, duvidaram de que a homogeneidade e simultaneidade desse sonho autorize inferir uma realidade que seria simbolizada por ele, isto é, como algo que existisse independentemente dos sonhos. Kant ensinou, por fim, que ela de fato seria simbolizada, mas nada além, nem, porventura, copiada exatamente, nem reproduzida; de modo que entre realidade e seu sonho simbólico há ainda um vasto abismo, análogo àquele que é estabelecido pelos livros sobre sonho.

Os livros sobre sonho aceitam que aquilo que os sonhos individuais designam é o mesmo a que também o sonho universal[132] se refere, só que este estaria numa proporção direta com ele, ou seja, ele o reproduziria como é — enquanto os sonhos individuais estariam numa proporção inversa, ou seja, figurariam o oposto de como é — isso não é tão ruim, se pensarmos na oposição entre o movimento peristáltico e antiperistáltico das fibras no cérebro. (*HN*, v. 4, 1, 65 (1831), pp. 39-40)

---

[131] "Harmonia preestabelecida" e "influxo físico" estão em latim no original. (N. T.)
[132] Em alemão *"der allgemeine Traum"*. (N. T.)

**

Chamamos *corpo* àquilo que atua sobre os órgãos do sentido e, em consequência disso, se apresenta ao *cérebro* ou, antes, se apresenta *nele* como preenchendo espaço. Por isso, o cérebro é o único juiz sobre a realidade, isto é, a existência do mundo corpóreo, mas não o sensório ganglionar, que toma também os sonhos por algo real. Tudo o que não é percebido pelo cérebro, mas apenas pelo sensório ganglionar, pertence à família dos sonhos. Que estes por vezes se refiram a um algo objetivo, real, é verdadeiro, mas raro, e nos falta o critério para isso. (*HN*, v. 4, 1, 69 (1831), p. 41)

**

A extraordinária facilidade com que imediatamente esquecemos os *sonhos*, se não os recapitulamos no momento de acordar, caso em que, como tudo outro, são guardados na memória — poderia levar a pensar que a sede dos sonhos não é o cérebro, mas o sistema ganglionar.

Pelo menos os sonhos que podem ser proféticos estão no sistema ganglionar e, por isso mesmo, são justamente os que em regra não lembramos, mas apenas excepcionalmente, se se fizeram de algum modo notar no cérebro; geralmente só um vago pressentimento deles passa à vigília. Os sonhos no cérebro, ao contrário, são facilmente retidos, mas, como tais, sem significado profético. (*HN*, v. 4, 1, 74 (1831), p. 46)

**

O que há de inteiramente objetivo no *sonho*, que se anuncia particularmente no inesperado, no surpreendente de seus eventos — este último *jamais* ocorre em fantasias no estado acordado e distingue o sonho completamente destas —, parece demonstrar com suficiente segurança que a verdadeira origem e ponto de partida do surgimento do sonho não pode estar no *cérebro*, como ocorre nas fantasias, *ainda que o cérebro possa tomar parte nisso*, mas aquela origem deve ser procurada no *outro centro nervoso, no plexo abdominal*: este talvez *desempenhe ali o papel que é o dos órgãos do sentido na percepção acordada*, isto é, *proporcionar o material bruto objetivo* que se torna representação intuitiva no cérebro.

Ora, se um indivíduo atua *magicamente* em outro, ele atua por meio de sua vontade, atua como Vontade metafísica: esse efeito se manifesta primeiramente na parte mais simples do sistema nervoso, que se localiza mais próxima da Vontade e ainda reage a meros estímulos, isto é, no sistema ganglionar do abdome. [Pois aqui a Vontade é originalmente ativa, em sua propriedade de coisa em si, que está livre dos limites da individualidade.] Este [sistema] atua, por sua vez, sobre o cérebro: só que o cérebro acolhe esse efeito como matéria para o seu modo de conhecimento, segundo sua forma cerebral, e por isso o esquematiza em figuras, como são as figuras de sonho: por isso, vê a figura do que influi interiormente, como vê objetos exteriores. E se o sonho pressupõe o sono do cérebro, e talvez ainda mais o dos nervos dos sentidos, porque surge somente das modificações próprias e naturais do sistema ganglionar, a atuação de fora pode, no entanto, ser tão forte, que impele a tais percepções, mesmo no cérebro desperto; mais facilmente, porém, nele dormindo. Nessa concepção, no sonho, sonambulismo e vidência o plexo ganglionar não assume a função do *cérebro*, o que não pode ocorrer por sua forma como também por suas pequenas dimensões; mas assume a função dos *órgãos dos sentidos*;[133] por isso, a sonâmbula vê e mesmo lê com o epigástrio, enquanto os sentidos estão tão despotencializados que a mais forte impressão de luz ou de som não é percebida. Ao contrário, o isolamento do cérebro em relação ao plexo ganglionar que ocorre na vigília está suspenso. Parece, no entanto, que o cérebro é posto desse modo em atividade por um outro órgão

---

[133] O que tampouco pode ser. (N. A.)

de percepção,[134] atividade esta que também é efetuada em outras partes ou em outra ordem delas, de modo que, por exemplo, a substância cinzenta do cérebro funcione agora no lugar da substância branca, e trabalhe como *de modo invertido*: daí não haver lembrança no sonambulismo. Daí, antes de mais nada, o fato admirável e frequente de sermos obrigados, ao despertar de um sono breve, a apreender tudo de modo invertido, de estarmos completamente desorientados e supormos à esquerda o que está à direita no quarto, e na frente o que se encontra no fundo. (*HN*, v. 1, 4 (1831), pp. 66-7)

***

(Você quer saber o que são *espíritos* e *aparições de espíritos*? Observe os seus *sonhos*: eles são a mesma coisa no principal.) Os sonhos não são um jogo de ideias, como, por exemplo, as fantasias às quais o desperto se entrega,[135] mas percepções, iguais àquelas do mundo exterior, às quais elas, enquanto duram, se igualam por completo em realidade aparente, e também, como aquelas, entram na consciência sem ser provocadas pelo *nexus idearum*,[136] como algo totalmente estranho que se impõe a ela: daí também a objetividade na apresentação, por meio da qual cada um, quando sonha, é um *Shakespeare* (assim como, quando clarividente, ele é uma Pítia), objetividade que vai tão longe que muita coisa no sonho resulta, em parte, totalmente contra o desejo, em parte, para espanto daquele que sonha. Por isso, afirmo também que o conteúdo de cada sonho é determinado por um *incitamento material*, que ocorre verossimilmente no sistema de gânglios do abdome, tal como o incitamento material nos órgãos dos sentidos determina a intuição desperta. A sede da consciência

---

[134] Cuja atuação vem de dentro, não de fora, atingindo, portanto, o cérebro em direção totalmente outra que a dos nervos dos sentidos. (N. A.)

[135] Também a imagem mais viva da fantasia é muito fraca em comparação com a realidade palpável de um sonho: elas são especificamente diferentes. (N. A.)

[136] "Nexo" ou "associação de ideias". (N. T.)

onírica mesma não pode, por certo, estar no sistema de gânglios do abdome; no entanto, o sistema ganglionar desempenha aí o papel dos sentidos na intuição desperta, isto é, fornece impressões que o cérebro elabora em intuição compreensível. Pois este, por força de sua natureza, não pode ser ativo senão nas funções que lhe são próprias.[137] Para que chegue à consciência cerebral, quer sua causa esteja no organismo mesmo, quer numa ação direta alheia, a impressão ocorrida no sistema ganglionar tem de tomar formas cerebrais, portanto, se apresentar como figura intuitiva, do mesmo modo que as impressões que ocorrem por meio dos sentidos se apresentam ao cérebro; tanto mais que da intuição mesma assim surgida jamais se pode decidir se se origina nos sentidos ou no sistema ganglionar; mas isso se decide pelo despertar, se apareceu no sono, mas na vigília pela falta de nexo causal com outras ocorrências; no primeiro caso, ela se chama sonho, no segundo, visão ou aparição de espíritos. (*HN*, v. 4, 1, 23 (1831), pp. 84-5)

***

Do que foi dito acima, pp. 61-5, sobre *sonho* e *aparições de espíritos*[138] fica claro que a *realidade material* do mundo exterior que age sobre nossos sentidos não diz respeito nem à *aparição de espíritos*, nem ao sonho, e dela se pode dizer: "foi um mero sonho acordado, a *waking dream*. Os fenômenos não existiam efetivamente ali, mas apenas em seu espírito" —. Mas com isso ela no fundo não perde nada. Ela é, como o sonho, *mera representação* e existe somente na consciência; mas o *mundo exterior real* se encontra imediatamente e antes de tudo no mesmo caso, ele é o mundo da representação e, primeiro de tudo, mero fenômeno cerebral, ocasionado por estímulo nervoso. A pergunta pela coisa em si, levantada por

---

[137] *Spicilegia* 307 *infra*. (N. A.)
[138] Referência ao fragmento imediatamente anterior desta seleção. (N. T.)

Locke e *elucidada e levada infinitamente* mais longe por Kant, só recebeu sua resposta com toda a minha metafísica, e aquela coisa é em si *toto genere*[139] diferente da representação; ela é a *Vontade* nos graus mais altamente diferentes de sua objetividade. Se ela é, como sob o número 7, 8, 9,[140] consequência de uma influência mágica, esta nada mais é do que o *ato da vontade* de um indivíduo estranho (*HN*, v. 4, 1, 27 (1832), p. 88)

Continuação dos argumentos para o primado da Vontade sobre o intelecto[141]

Argumento fisiológico. Bichat,[142] que ninguém deve deixar de ler, foi quem discutiu de modo mais belo a proporção da vida orgânica para com a vida animal. O sistema ganglionar do ventre é a lanterna do interior, assim como o cérebro, a lanterna do exterior. Ele é o ponto do qual a Vontade atuando sem conhecimento de sua onipotência original zela pela vida orgânica, conduz a engrenagem interna, levando a cabo a tão incompreensível tarefa de conservação e cura ocasional do organismo. O cérebro, pelo contrário, é meramente uma *sentinela*,[143] que ela coloca durante o dia no mirante da cabeça para observar e reportar as condições do mundo exterior: à noite ela recolhe novamente essa sentinela, e isso é o sono. O quão subalterno o cérebro se mostra aqui, com sua função de conhecer, com a qual a psicologia racional queria fazer a

---

[139] "No todo de seu gênero".Em latim no original. (N. T.)

[140] Anotações de Schopenhauer neste caderno intitulado *Cholerabuch*. (N. T.)

[141] *Vidi ad Misc.* [Ver Miscelânea]. Por "absoluto" se concebe aquilo que não pode ser mais explicado *objetivamente*: essa definição condiz, no entanto, somente com a *Vontade de viver*: ela se entende a priori por toda parte por si mesma, e a posteriori vemos que a vida mesma não pode ser de maneira alguma motivo para ela, já que (como mostrado) ele não cobre os custos. (N. A.)

[142] Marie François Xavier Bichat (1771-1802), anatomista e fisiologista francês, autor das *Investigações fisiológicas sobre a vida e a morte*, obra que constava da biblioteca de Schopenhauer na terceira edição (Paris: Brosson, Gabon et Compagnie, 1805). (N. T.)

[143] Schopenhauer emprega aqui a palavra francesa *vedette* (vedeta, guarita de sentinela). (N. T.)

essência mais íntima da suposta alma! O cérebro, e seu sistema nervoso, é um parasita, um soldado mantido para serviço externo, às custas do todo. Inteiramente condizentes com isso são as obras de arte que o cérebro pode produzir, tão altamente imperfeitas em comparação com a obra de arte da Vontade que atua imediatamente, a engrenagem orgânica. (*HN*, v. 4, 1, 30 (1832), pp. 90-1)

***

Assim como no *sonho*, onde somos certamente o ponto[144] e diretor secreto de todas as personagens e acontecimentos, nós com muita frequência presumimos e antecipamos o que será dito ou o que acontecerá antes mesmo de as personagens falarem ou de os eventos acontecerem,[145] assim também temos por vezes na realidade um pressentimento ainda bem mais obscuro dessa espécie, a que chamamos *premonição*: e isso leva a presumir que também aqui em certo sentido somos o *diretor secreto*, ainda que de um ponto de vista que não entra na consciência. (*HN*, v. 4, 1, 73 (1831-2), p. 108)

***

Encontrei constatado o que li em algum livro sobre o magnetismo, que no *sonho* ocorre lembrança de sonhos anteriores de que absolutamente não nos lembramos acordados, com relação a eles, portanto, ocorre de certo modo uma vida onírica contínua, concatenada. (*HN*, v. 4, 1, 130 (1845), p. 293)

***

---

[144] No original: *Souffleur*, forma germanizada do termo francês. É o encarregado, no teatro, de soprar as falas dos atores desde o alçapão. (N. T.)

[145] A vidente de Kerner diz na prisão que ela já sabe um momento antes de o espírito falar: — se à noite batem à minha porta, também sei um momento antes. (N. A.)

Que *sonhemos* um acontecimento futuro preciso é muito raro; mas que sonhemos um acontecimento individual preciso, já ocorrido e, portanto, passado, é ainda muito mais raro, e talvez jamais o caso. (*HN*, v. 4,1, 136 (1845-6), p. 295)

***

Quando *sonhamos* "o eu penso tem de acompanhar todas as minhas representações" de Kant perde sua validade, já que meus sonhos se diferenciam de minhas ideias e imagens de fantasia por isto, que eles surgem como não eu, tanto quanto o mundo externo.[146] (*HN*, v. 4, 1 (1848-9), p. 305)

***

Em última instância, nada elucida mais imediatamente a *unidade* entre o ser fundamental de nosso próprio eu e o do mundo externo quanto *o sonho*, pois os outros também comparecem nele como totalmente diferentes de nós, na mais completa objetividade, e com uma índole frequentemente enigmática, fundamentalmente diferente de nós, que amiúde nos espanta, nos surpreende, nos assusta etc. — e, no entanto, tudo isso somos nós mesmos. Ora, a Vontade que sustenta e vivifica todo o mundo exterior, é justamente ela que está em nós mesmos, onde somente a conhecemos de modo imediato. Mas é certamente o *intelecto*, em nós e nos outros, que torna possível todo esse milagre ao separar em toda parte e completamente o ser que nos é mais próprio em sujeito e objeto, [ele é] uma instituição fantasmagórica digna de inexprimível admiração, um mágico sem igual.

Também podemos dizer que *tempo, espaço e causalidade* são aquele dispositivo de nosso *intelecto* em virtude do qual aquele único *ser* propriamente existente de todas as espécies se

---

[146] Não é verdadeiro, pois isso vale também para o mundo exterior. (N. A.)

nos apresenta como uma multiplicidade de seres homogêneos, sempre surgindo e perecendo de novo em sucessão infinda. A apreensão das coisas por meio e em virtude de tal dispositivo é a apreensão imanente, ao passo que a que percebe o que ali se passa é a apreensão transcendental; podemos concebê-la in abstracto[147] por meio da *Crítica da razão pura*. Mas excepcionalmente ela também se desvela intuitivamente. (*HN*, v. 4, 2, 56 (1855), p. 18)

Sobre o interessante

Nas obras da arte poética, a saber, da arte poética épica e dramática, encontra espaço uma propriedade distinta da beleza: o interessante. — A beleza consiste em que a obra de arte reproduz as *Ideias* do mundo em geral, e a arte poética particularmente de modo distinto a Ideia do homem, conduzindo com isso o ouvinte ao conhecimento das Ideias. Os meios de que a arte poética dispõe para esse fim são a apresentação de caracteres significativos e a invenção de eventos para produzir situações importantes, por meio das quais aqueles caracteres tenham justamente ensejo de fazer aparecer as suas peculiaridades, de revelar o seu íntimo, de modo que graças a essa apresentação a multifacetada Ideia da humanidade possa ser mais distinta e completamente conhecida. Beleza em geral, no entanto, é a propriedade inseparável da Ideia tornada conhecível, ou belo é tudo em que uma Ideia é conhecida; pois ser belo significa justamente exprimir distintamente uma Ideia. — Vemos que beleza é sempre uma questão do *conhecimento* e se dirige somente ao sujeito do *conhecimento*, não à *Vontade*. Sabemos até que a apreensão do belo pressupõe no sujeito um total silêncio da Vontade. — Chamamos, ao contrário, *interessante* a um drama ou a uma criação poética narrativa quando os acontecimentos

---

[147] "Em abstrato", "abstratamente". Em latim no original. (N. T.)

e ações apresentados arrancam de nós uma *participação*,[148] totalmente semelhante àquela que sentimos em acontecimentos reais, nas quais nossa própria pessoa está envolvida. O destino das personagens apresentadas é então sentido exatamente do mesmo modo em que sentimos nosso próprio destino: esperamos com apreensão o desenvolvimento dos acontecimentos, seguimos com avidez o seu andamento, sentimos verdadeiramente bater o coração e a aproximação do perigo, nosso pulso para quando atingiu seu grau mais alto, e volta a bater mais rápido quando o herói é subitamente salvo; não podemos colocar o livro de lado antes de chegar ao fim, ficamos desse modo acordados até noite profunda por interesse nas inquietações de nosso herói, como no mais por nossas próprias preocupações, etc. — De fato, em vez de descanso e fruição, sentiríamos em tais apresentações todas as penas que a vida real frequentemente nos impõe, ou ao menos aquelas que nos perseguem num sonho angustiante, se ao lermos ou assistirmos a uma peça no teatro o solo firme da realidade não estivesse sempre à nossa mão e não pudéssemos, assim que um sofrimento violento demais nos afetasse, interromper a todo momento a ilusão, salvando-nos nele, e então nos entregando de novo voluntariamente à ilusão, sem levar a termo aquele sofrimento com tão violenta transição, como quando só finalmente nos salvamos das figuras terríveis de um sonho pesado pelo despertar.

É manifesto que aquilo que é posto em movimento por uma criação poética dessa espécie é nossa *Vontade*, e não apenas o *conhecimento* puro. Precisamente por isso, a palavra "interessante" significa em geral aquilo que conquista o interesse da vontade individual, *quod nostra interest*.[149] Aqui o belo se separa claramente do interessante: aquele diz respeito ao *conhecimento*,

---

[148] Em alemão, *Antheil*. (N. T.)

[149] "Aquilo que nos interessa" ou "Aquilo que interessa a nossas questões". Em latim no original. (N. T.)

e mesmo ao conhecimento *o mais puro*; este age sobre a *vontade*. O belo consiste, então, na apreensão das ideias, conhecimento que abandonou o princípio de razão; o interessante, ao contrário, surge sempre do andamento dos acontecimentos, isto é, dos entrelaces que só são possíveis pelo princípio de razão em suas diferentes figuras. A diferença fundamental entre o interessante e o belo é então clara. Conhecemos o belo como o verdadeiro fim de toda arte e, por conseguinte, também da arte poética. Pergunta-se, portanto, apenas se o interessante é talvez um segundo fim da arte poética, ou se é meio para a apresentação do belo; se é produzido por este como um acidente essencial ou se ele se introduz por si mesmo, tão logo o belo exista; ou se ao menos é conciliável com o fim principal ou, finalmente, se lhe é oposto e molesto.

Antes de mais nada: o interessante se introduz sozinho nas obras da arte poética, não nas obras das artes plásticas, da música e da arquitetura. Nestas, não é sequer pensável, a não ser como algo totalmente individual para um ou alguns contempladores, como quando a imagem fosse o retrato de uma pessoa amada ou odiada; o edifício, a residência onde moro; a música, a dança de meu casamento ou a marcha com que fui para o campo de batalha. Esse tipo de interessante é manifestamente de todo estranho à essência e fim da arte, e mesmo molesto, visto que se aparta inteiramente da contemplação artística pura. É possível que isso valha em menor grau para todo interessante.

Visto que só surge quando nossa participação na representação poética se torna igual àquela que temos em algo real, o interessante é manifestamente condicionado pela ilusão que a apresentação desperta no momento; e isso ela só consegue por meio de sua *verdade*. Mas verdade faz parte do acabamento e perfeição da arte. A imagem, a criação poética deve ser verdadeira como a própria natureza; mas ao mesmo tempo também, pelo realce do essencial e do característico, pela concentração de todas as manifestações essenciais e pela eliminação de todo inessencial e contingente, se deve fazer surgir a *ideia* daquilo que deve ser apresentado, transformando-o com isso na *verdade ideal*, que se eleva acima da natureza.

Por meio da *verdade*, portanto, o interessante está conectado com o belo, uma vez que a verdade acarreta a ilusão. Mas o *ideal* da verdade poderia já trazer prejuízo à ilusão, uma vez que acarreta total diferença entre criação poética e realidade. Como, no entanto, também é possível que o real se encontre com o ideal, essa diferença não suprime direta e necessariamente toda ilusão. No âmbito das artes plásticas há para os meios artísticos um limite que exclui a ilusão: a saber, a escultura proporciona mera forma sem cor, sem olhos e sem movimento; a pintura, mera visão a partir de um ponto, encerrada por nítidos limites separando a imagem da dura realidade circundante: por isso, aqui a ilusão e, com ela, a participação em algo semelhante ao real ou o interesse por ele estão excluídos; a Vontade, por conseguinte, também está imediatamente posta fora de jogo, e unicamente o objeto é entregue à contemplação pura e desinteressada. Ora, é altamente digno de nota que, entre as artes plásticas, uma pseudoarte tenha saltado por sobre esses limites, provocando a ilusão do real e, com ela, o interessante, inibindo, porém, ao mesmo tempo a eficácia das artes genuínas, que não é mais utilizável como meio de apresentação do belo, isto é, de apresentação do conhecimento das ideias. Esta é a arte das *figuras de cera*. E com isso também se poderia assinalar o limite que a exclui do domínio das belas-artes. Ela ilude, quando executada com plena maestria, mas, justamente por isso, diante de sua obra estamos como diante de um ser humano real, que, como tal, já é previamente um objeto para a vontade , ou seja, interessante, que, portanto, desperta a vontade e, por isso, suprime o conhecimento puro: colocamo-nos diante da figura de cera com receio e cautela, como diante de um ser humano real, nossa vontade é excitada e espera que ele nos ame ou odeie, fuja de nós ou nos ataque; ela espera uma ação. Mas porque então a figura não tem vida, ela provoca a impressão de um cadáver, uma impressão, assim, desagradável. O interessante é aqui plenamente alcançado, mas nenhuma obra de arte é fornecida: por isso, o interessante não é em si nenhum fim artístico. — Isso também advém de que, mesmo na poesia, somente o gênero dramático e o gênero narrativo são aptos para o interessante: se ele fosse, ao lado do belo, fim da arte, a poesia lírica já estaria em si ao menos pela metade abaixo desses dois gêneros.

Passando agora à segunda questão. A saber: se o interessante fosse um meio para obter o belo, toda criação poética interessante também já teria de ser bela. Mas ele não o é de maneira nenhuma. Com frequência, um drama ou romance nos cativa por meio do interessante, mas é tão vazio de todo belo, que depois nos envergonhamos de nos termos tardado nele. É o caso em muitos dramas que não proporcionam absolutamente nenhuma imagem da essência da humanidade e da vida, apresentam caracteres descritos com toda a superficialidade ou apenas esboçados, e verdadeiras monstruosidades, contrárias à essência da natureza; mas o curso dos acontecimentos, os enlaces da ação são tão intrincados, o herói se recomenda de tal modo a nosso coração por sua situação, que não podemos nos dar por satisfeitos até que o enredo se desate e saibamos que o herói está em segurança: o andamento da ação é dominado e dirigido com tanta esperteza, que sempre estamos na expectativa do próximo desenvolvimento, que não podemos absolutamente adivinhar, de modo que, entre inquietação e surpresa, nosso interesse se mantém sempre vivo, e somos bastante entretidos pelo divertimento. Dessa espécie é a maioria das peças de Kotzebue.[150] Para a grande multidão, isso é o certo: pois ela procura entretenimento, passatempo, não conhecimento, e o belo diz respeito ao conhecimento; por isso,

[150] August von Kotzebue (1761-1819), dramaturgo e escritor alemão. (N. T.)

a sensibilidade para ele é muito diferente, como as capacidades intelectuais. A grande multidão não tem senso algum para a verdade interior do que é apresentado, se corresponde ou é contrário à essência da humanidade. O superficial lhe é acessível; em vão se abrem diante dela as profundezas do ser humano.[151] Também se deve notar que as apresentações cujo valor está no interessante perdem ao serem repetidas, porque já não podem despertar o desejo em relação à continuação, que agora já é conhecida. A repetição frequente as torna insossas e tediosas. Obras cujo valor está no belo ganham, ao contrário, com a repetição frequente, porque são mais e mais entendidas. — Em paralelo com aquelas apresentações dramáticas se encontra a maioria daquelas apresentações narrativas, criaturas da fantasia daqueles indivíduos que em Veneza ou Nápoles põem o chapéu na calçada e ficam ali até que se forme um auditório em torno deles, para então urdir uma narrativa cujo interessante cativa tanto os ouvintes que, quando a catástrofe se aproxima, o narrador pega o chapéu e pode coletar seu ganho entre os assistentes fascinados, sem temer que agora saiam de mansinho; na Alemanha, indivíduos como estes fazem seu comércio de maneira menos imediata, por intermédio dos editores, das feiras do livro de Leipzig ou de bibliotecas de empréstimo, comércio para o qual não andam por aí em roupas esfarrapadas como seus colegas no estrangeiro e oferecem os filhos de sua fantasia, sob o título de romances, novelas, narrativas, poesias românticas, contos de fadas etc., a um público que, bem aquecido em casa ou em roupa de dormir, pode se entregar com mais comodidade, mas também com mais paciência, à fruição do interessante. É sabido o quanto tais produções estão na maior parte desprovidas de valor estético e, no entanto, não se deve negar de todo a muitas delas a propriedade do interessante: do

---

[151] No manuscrito vem a seguir a frase riscada: "Portanto, o interessante não acarreta necessariamente o belo, mas o belo também não necessariamente [...]". (N. T.)

contrário, como poderiam encontrar tanto interesse? — Vemos, pois, que o interessante não acarreta necessariamente o belo; o que era a segunda questão.

Mas também, inversamente, o belo não acarreta necessariamente o interessante. Caracteres significativos podem ser apresentados e neles se revelar as profundezas da natureza humana, e tudo isso se tornar visível em ações e sofrimentos extraordinários, de modo que da imagem venha ao nosso encontro a essência do mundo e do homem nos traços mais fortes e nítidos, sem que nosso interesse no curso dos acontecimentos seja estimulado em alto grau pelo contínuo progresso da ação, pela complicação e pelo inesperado desenlace das circunstâncias. As obras-primas imortais de Shakespeare têm muito pouco de interessante, a ação não marcha adiante em linha reta, ela hesita, como em todo o *Hamlet*, se expande lateralmente em largura, como no *Mercador de Veneza*, enquanto o comprimento é a dimensão do interessante, as cenas se conectam apenas mais frouxamente, como no *Henrique IV*. Por isso, os dramas de Shakespeare não agem notavelmente sobre a grande multidão. As exigências de Aristóteles e, bem especialmente, a da unidade da ação estão voltadas para o interessante, não para o belo. Em geral, essas exigências são compostas em acordo com o princípio de razão; mas sabemos que a ideia e, consequentemente, o belo só existem justamente para aquele conhecimento que se destacou do domínio do princípio de razão. Isso também aparta o interessante do belo, uma vez que aquele pertence manifestamente ao modo de consideração que segue o princípio de razão, enquanto o belo sempre é estranho ao conteúdo desse princípio. — A melhor e mais certeira refutação das unidades de Aristóteles é a de Manzoni, no prefácio às suas tragédias.[152] O que vale para

---

[152] O prefácio de Alessandro Manzoni se encontra na abertura da tragédia *Il conte di Carmagnola, das Opere Poetiche* do autor, prefaciadas por Goethe (Jena; Frommann, 1827). Schopenhauer tinha essa obra em sua biblioteca, cf. *HN*, 5, p. 483. (N. T.)

Shakespeare, vale também para as obras dramáticas de Goethe: o *Egmont* mesmo não age sobre a multidão, porque não há ali quase nenhuma complicação e desenvolvimento; e o *Tasso* e a *Ifigênia* então! Que os trágicos gregos não tinham o propósito de agir sobre os espectadores por meio do interessante, é manifesto por isto, que tomavam para matéria de suas obras-primas quase sempre acontecimentos de conhecimento geral e já com frequência tratados dramaticamente: por aí também vemos quão receptivo o povo grego era para o belo, já que não carecia, para tempero da fruição, do interesse por acontecimentos inesperados e de uma nova história. — Também suas obras-primas de narrativa raramente têm a propriedade do interessante: o pai Homero nos desvela a essência inteira do mundo e do homem, mas não se empenha em estimular nosso interesse por meio do enlace dos acontecimentos, nem nos surpreender com enredos inesperados: seu passo é vacilante, ele se demora em cada cena e no-la apresenta com placidez imagem por imagem, pintando-a com esmero: enquanto o lemos, não desperta em nós nenhum interesse apaixonado, nós nos portamos como no conhecimento puro, ele não excita nossa vontade, mas a leva ao repouso pelo canto: não nos custa nada interromper a leitura, pois não estamos em estado de inquietação. Isso vale ainda mais para Dante, que, na verdade, não produziu nenhuma epopeia, nenhum poema narrativo, mas apenas um poema descritivo. Também vemos isso inclusive em quatro romances imortais, o *Dom Quixote*, o *Tristram Shandy*, a *Nova Heloisa* e o *Wilhelm Meister*. Despertar nosso interesse não é de modo algum o fim principal: no *Tristram Shandy* o herói tem ao final do livro apenas oito anos de idade.

Por outro lado, não podemos afirmar que o interessante jamais é encontrado em obras-primas. Nós o encontramos em grau notável já nos dramas de Schiller e, por isso, também eles falam à multidão; também no *Édipo Rei*, de Sófocles, e, entre as obras-primas da narrativa, no *Orlando*, de Ariosto; como exemplo do interessante no mais alto grau, onde caminha junto com o belo, temos o esplêndido romance de Walter Scott, *Contos do meu senhorio*, segunda série. Esta é a obra poética mais interessante que conheço, e nela se pode perceber da maneira mais nítida todos os efeitos do interessante indicados antes de maneira geral; mas ao mesmo tempo esse romance é em seu todo bastante belo, mostra-nos as mais diferentes imagens da vida, desenhadas com impressionante verdade, exibindo caracteres altamente diferentes com grande acerto e fidelidade.

O interessante é, pois, sem dúvida, *conciliável* com o belo, e esta era a terceira questão: todavia, pode se achar que o grau mais fraco de mistura do interessante seja o mais útil ao belo, e o belo é e permanece sendo o fim da arte. O belo é oposto ao interessante em dois aspectos: primeiro, na medida em que o belo reside no conhecimento da *Ideia*, conhecimento este que destaca inteiramente o objeto das formas expressas pelo princípio de razão, enquanto o interessante reside principalmente nos acontecimentos, e os enredos destes surgem justamente pelo fio condutor do princípio de razão. Segundo, o interessante age pelo estímulo da vontade, enquanto o belo existe apenas para o conhecimento puro e desprovido dela. Entretanto, nas obras dramáticas e narrativas é necessário uma mescla do interessante, tal como substâncias fluidas, meramente gasosas, carecem de uma base material para serem conservadas e comunicadas, em parte porque ele já provém por si mesmo dos acontecimentos que têm de ser inventados para colocar os caracteres em ação; em parte porque a mente se cansaria com um conhecimento totalmente desinteressado passando de cena em cena, de uma imagem importante a outra, se isso não fosse puxado por um fio oculto: este é justamente o interessante, é a participação que o acontecimento como tal arranca de nós, e que, como liame da atenção, dá flexibilidade à mente para que siga o poeta em todas as partes de sua apresentação. Se o interessante é suficiente para que se obtenha isso, ele foi totalmente satisfatório: pois ele deve servir à ligação das imagens por meio das quais o poeta pretende nos fazer conhecer a ideia somente como um cordão em que pérolas se enfileiram, se mantêm juntas e se tornam, no todo, um colar de pérolas. O interessante, porém, se torna prejudicial ao belo tão logo ultrapasse essa medida: este é o caso quando nos arrasta para uma participação tão viva, que somos tomados de impaciência a cada descrição pormenorizada que o poeta narrativo faz de objetos isolados ou a cada observação mais longa que o poeta dramático deixa suas personagens fazer, e gostaríamos de dar com a espora no poeta, para que siga mais rapidamente o desenvolvimento dos acontecimentos. Pois em obras épicas ou dramáticas em que já se encontra o bastante do belo e do interessante, o interessante deve ser comparado à mola do relógio que coloca o todo em movimento, mas que, quando sua ação não é detida, faria toda a obra se desenrolar em poucos minutos; o belo, ao contrário, detendo-nos na consideração pormenorizada e descrição de cada objeto, é aqui aquilo que o tambor é no relógio, que impede a expansão da mola.

O interessante é o corpo do poema; o belo, a alma.[153] (*HN*, v. 3 (1821), pp. 61-8)

---

[153] Nos poemas épicos e dramáticos, o interessante, como propriedade necessária da ação, é a *matéria*; o belo, a *forma*: esta precisa daquela para se tornar visível [Anotação de 1840. Bem abaixo da página:] A isso pode se juntar o que se encontra sobre o *tédio* em M. S. B, p. 8. (N. A.)

CADASTRO
ILUMI*N*URAS

Para receber informações
sobre nossos lançamentos e
promoções envie e-mail para:

cadastro@iluminuras.com.br

A *Iluminuras* dedica suas publicações à memória
de sua sócia Beatriz Costa [1957-2020] e a de seu
pai Alcides Jorge Costa [1925-2016].